Q版特工27

梁科慶

Q版特工27　毒匣
作者／梁科慶
總編輯／馬鎮梅
責任編輯／王心靈
美術設計／blacktony
出版發行／突破出版社
香港沙田亞公角山路33號突破青年村
電話：2632 0000　傳真：2632 0388
電郵：breakthrough@breakthrough.org.hk
網址：http://www.breakthrough.org.hk
http://www.btproduct.com
承印／陽光印刷製本廠
2011年12月初版1刷

Ah Wing, the Secret Agent 27: The Pandora's "Ice" Box
by Leung For-hing
First Printing, First Edition, December 2011

ISBN 978-988-8073-52-8

本書經文取自《新標點和合本》，版權為香港聖經公會所有，承蒙允准採用，特此鳴謝。

歡迎加入突破書籍 Facebook — http://www.facebook.com/btbooks

每一個
年輕人都應當
乘着**夢想**的
翅膀出航。

飛翔專號

目錄

序：穿越羊腸而回歸大道

秀實

盛夏驕陽，悠長假期，我耽擱在將軍澳，以小說來消磨涓滴時光，也消磨近日的怏怏鬱悶！陽台面對一座「城堡」，巍峨屋苑的建築工程快將峻工。屋邨如高大的城牆，把對面茅湖仔山大幅的綠色山坡遮擋了一半，也同時把秋天三時三刻後猛烈的太陽阻隔在樓外樓之外。而此時，我正悠閒地在房間內，或臥或躺，讀我的小說。

科慶把「Q版特工」的新稿傳來時，我正啃掉三分二的《那些年，我們一起追的女孩》。那是台灣網絡作家九把刀最火紅的作品，這個假期我讀畢的第三本小說。小說再配上主題曲的MV，教人感動得顫抖。這種小說語言不宜沉澱，九把刀正以趾高氣揚之勢，把回憶與現在任意稼接，激揚跋扈地牽動讀者的心弦！暑假快將終結前的一個寧靜的午間，我讀起科慶的新作來。

科慶的新稿仍未命名。故事源起於一個少年戒毒的社會事件，而終於一樁毒梟瓦解的跨國案件。情節順藤摸瓜，如繭糾結，頗有江流彎曲、直朝大海之勢。有關「Q版特工」系列小說的文本特色、創作技巧、語言運用、人物塑造等，往昔寫序者論述已多，各有發凡，精彩互見，讓我眼界大開 。

科慶小說的取材，多貼近社會世事。取時事為素材，是小說家慣常做法，這足以反映小說家對事物觸覺的敏銳情狀。而如何將現實的素材與文本融合，也考驗小說家的敍事功力。好的小說，無論其為魔幻、為歷史、為武俠，同樣隱含時代文化的烙記。所謂小說源於現實而非現實的描摹，這已是評論家的老生常談。但我注意到，新稿在情節的追求上，顯然已退於次席；或云科慶小說裏那種技巧痕迹已有了很大程度的泯除。語言已然具備一種叫「流露」的情狀，而非刻意的斧鑿技藝。這是小說的呈現而非築構，我舉一個例子說明：

飲料尚未飛到，颼颼勁風先至。阿漆大概要跟我開玩笑。我不敢硬接，聞風辨位，側身避開，一盒豆奶即在眼掠過。我的右中指倏地彈出，朝盒底一搠，手腕一扭，把橫飛的豆奶，改為旋轉上升，卸去勁力。豆奶升至最高點，力盡下墜，我看也不看，左掌斜揮，把豆奶安穩地抄在手裏，沒破沒裂。

文字自然流麗，狀物摹景，都恰到好處。科慶當然可以在這裏巧言令色，讓阿Wing更展現他的神乎其技。但我們看到科慶終於克制了。這種克制對小說家而言，是一次極重要的提升。

小說尤其是長篇，小說家常在述說當中不自覺地流於自我表現，而文學創作的不二法門是節約、是克制。小說家在創作過程中，陷進一種的自我泯滅的情狀。所謂節約與克制，指的是卸除一切率性的陳述，因為這些陳述，常是一種清醒狀態下的理性展現。而這種理性的展現，對作品本身是一種不必要的干預和介入。我們認為好的小說，讓人物有自己的生命，帶動情節的自然發展，如此的境界，便無法達致。（前述九把刀的《那些年》是個例外，因為那是小說家的個人歷史書寫，並透過強力的論述令男女主角趨近於完美的青春偶像。）

這份新稿的情節有不及舊作吸引的地方，但這未成為缺點。科慶在漫長的小說創作過程中，已有了更深刻的領會，即終究不單純地依賴情節來吸引讀者，小說依仗文字，重塑一個世界，傳達一種信仰（不狹義的指宗教）。科慶這次濃墨重彩於小說最終的指向，一種道德的宣示，穿越羊腸而回歸大道。

小說文字的調理節約，並非單純是語法上的問題，更是一種文字力量的彰顯。所以語言是極其重要的。文學作品的局限，是文字。如何依靠文字而又能突破其局限，這便是創作令人着迷的地方。且看：

阿漆先聲奪人，眾人頓時遲疑起來，有幾個更慌張後退，車頭燈光掩映之下，人人面露懼色，一班烏合之眾。

真不遜於一枚超八鏡頭，科慶文字節約的力量，可見一斑。汪曾祺《短篇小說的本質——在解鞋帶和刷牙的時候之四》說：「許多本來可以寫在小說裏的東西老早老早就由另外方式代替了去，譬如電影。」早在 1925 年，紀德在《偽幣製造者》中便說過：「無疑留聲機將來一定肅清小說中帶有敘述性的話，而這些對話，常是寫實主義者自以為榮的。而外在的事變、冒險、情節、場面，這一類全屬於電影，小說中也應該捨棄。」面對二十一世紀光影科技的猖獗，小說剩下來的，只餘文字罷了！

科慶時常在文字的敘說中迎合讀者，這點我很不以為然。固然，這說明了他在創作過程裏心繫讀者，但這卻是極大的不利於藝術。從校園小說開始，「Q版特工」已然發展為一個成熟的系列，在創作過程中，讀者的位置理應逐漸消隱，乃至消失。

一般人的經驗世界裏沒有特工。特工，喻示善良世界背後一種人性的醜惡，懷抱權利為目的的極大陰謀。科慶不同俗流，把特工塑造成「正義」的化身，其原型有類於西洋的蝙蝠俠。這便是小說的藝術所在。我留意到坊間有淺薄之論如三五星火，認為「Q版特工」是文學價值不高的流行作品，以稚嫩通俗貶之。「Q版特工」系列小說暢銷，是事實；但暢銷並不能與流行通俗劃上等號。當日某些貶損村上春樹作品的學院派人士，今日展卷面對《1Q84》，還可以說村上文筆的粗疏與描寫概括嗎？

我們忘不了《那些年》裏的柯景騰與沈佳宜，忘不了《1Q84》裏的青豆和天吾，當然也忘不了「Q版特工」裏的阿Wing和真生。小說的情節和人物都是羊腸，而科慶終究踏上康莊大道，除了文字的文本，實在不必多話。沉默的力量，我體會到。

2011／9 秋節懷人時

/迷幻網

白煙飄飄，提神要命，

小B一次「上正」；單車健兒

穿梭屋邨送「外賣」，毒網難逃。

1

我沿石梯拾級而下。石梯盡處的小碼頭，孤伶伶的拴着一艘快艇。快艇正隨拍岸的波浪上下擺盪。渾身脂肪卻無助保溫的阿Ken，拉緊燈芯絨外套，正瑟縮於駕駛座中，樣子怪可憐的。

阿Ken今天休假，陪我抵着寒風開快艇，真夠朋友。冬日午後，灰雲在天空厚厚積聚，海與島的景色，陰鬱而寒冷。近年，溫室效應的害處陸續浮現，前天文台長更預言香港五十年內沒冬天。這畢竟是將來的事，目光短淺的人並不把忠告放在心上，熱排放有增無減，例如大開冷氣吃火鍋、光污染把午夜市區照得如同白晝。今年入冬以來，仍是秋意濃濃，還以為預言提早五十年應驗，有些人開始憂慮，但到了這個星期，寒流襲港，氣溫驟降，一下子變得非常寒冷，街頭巷尾的火鍋店隨即人頭湧湧，大家肆無忌憚地享受口腹快感，嫩滑肥牛配冰凍啤酒，今朝有酒今朝醉。海風呼呼，我把皮褸緊緊合攏，豎直衣領。除了快艇上的阿Ken，周遭沒一個人影。

剛才在島上某處，小B目送我離去。在島上生活，首要適應的是洗澡沒熱水，我和姐姐、姐夫都擔心孩子給冷壞，不過，年輕人磨練一下，吃吃苦頭，倒是成長路上難得的經驗，況且，他在島上戒毒，將要面對的困難，比起洗冷水浴艱辛好多倍呢！

小B要戒毒？

不錯，是冰毒。

我的姐夫是牧師，小B是姐夫和姐姐的獨子。

牧師的兒子吸食冰毒？

聽起來，當然聳人聽聞，但深想一層，人總有犯錯的可能，即使神職人員圈子裏，不時也鬧醜聞啦！何況小B不過是個少不更事的中學生。

到底小B怎會染上毒癮？

事情是這樣的——

今年九月，小B班上來了幾位新同學。上通識課時，老師安排大家抽籤組成專題研集小組，小B恰巧跟兩男一女的新同學同組，合作完成一份關於再生能源的報告。

一天放學後，四人組在其中一個叫Edmond的男孩家裏製作口頭報告用的PowerPoint。四人中只有小B認真預備，其餘三人都是懶散之徒，不是在翻看雜誌，就是玩iPhone，向來學習認真、做事賣力的小B，獨自編訂大綱、撮寫重點、加插配圖、設計動畫和音效，忙了整整三小時而開始眼睏，掩着嘴巴打個大呵欠。此時，Edmond拍拍小B的肩頭，笑道：「辛苦你了，累吧？我有一種提神妙品，給你嚐嚐。」

「咖啡？也好，給我一杯，多奶少糖……」

「論到提神功效，咖啡哪裏比得上我這……」Edmond站起來，神氣地瞧瞧小B、康仔和Eva，便逕自走進睡房。

「故作神祕。」康仔暫停觸控iPhone屏幕，嚷道：「不要雷聲大雨點小啊！」

「看樣子，Edmond不似說笑，難道……」Eva眨眨眼睛。

小B推開鍵盤，伏在桌上閉目養神，嘀咕道：「咖啡就可以了。我沒興趣試新口味……」

「來了。」Edmond從睡房裏取出一盒「維他奶」。

「哈！什麼！維他奶？」康仔訝然失笑。

「Edmond，別開玩笑了。」小B仰臉怪叫，「維他奶怎能提神？」

「那，並非維他奶。」Eva大力點頭，「原來Edmond也是同道中人。」

「不是維他奶？」小B搓搓眼睛，看清楚Edmond手裏的明明是盒裝375毫升維他奶。稍有不同的是，盒頂插着兩根飲管，Edmond在正常開孔的對角另刺穿一個小孔，多插了一根飲管。

「Edmond，快點拿出來。」Eva急急打開書包，在筆袋裏掏出一個透明塑膠打火機，還有一張夾在英文課本裏的錫紙。

小B感到不妥，不明白他們在說什麼、想拿什麼，但是康仔的表情竟流露了七分驚訝三分興奮：「你們……莫非……」

「我慣用正貨，不摻雜質。」Edmond攤開一直握成拳狀的右手。掌心托着一小包透明晶體，頗像炒菜用的味精。

「莫非……這些……就是……冰。」康仔緊張地壓低嗓子。

「Yes——」Eva攤直錫紙，雀躍地回應。

Edmond把晶體傾在紙上。Eva在錫紙底部點火，手法嫻熟，火舌不觸及錫紙，熱力恰到好處的僅把晶體焙熱、融解，釋出縷縷白煙。

「Eva是個熟手女工啊！」Edmond咬着左邊的飲管，低頭一吸，白煙由右邊的飲管流入維他奶盒，經盒裏大約100毫升維他奶的簡單過濾，再吸進Edmond體內。

「冰，除了提神，還能減肥。本小姐身材窈窕，全靠服冰。」

Edmond把維他奶盒遞到Eva嘴邊，Eva笑瞇瞇的瞄他一眼，張口便啜。Edmond瞇起雙眼：「小B、康仔，你兩個可有試過這玩意？」

「我沒……」康仔一臉好奇。

「我不會試。」小B態度堅定。

「人一世，物一世，總得一試新玩意。試過，感覺不好，以後便不碰囉。」Edmond再吸一口，樣子挺享受似的，「唔……這感覺……非常美妙，好像在空中飄浮，真輕鬆！真寫意！」

「你們不是害怕吧？論膽色，竟連我這個女生都不如。」Eva把雙腳擱在Edmond的大腿上，「Edmond，棒呀！果然是正貨。」

康仔咬一咬牙，不服氣地道：「我才不害怕。」

「康仔，會上癮的。」小B輕聲道。

「一口而已，試一口不會上癮。」Edmond不自覺地提高聲線，自信滿滿地說：「我經常玩冰，樣子似上癮嗎？可吸，可不吸，完全由我控制。」

「對了。」康仔接過Edmond遞上的維他奶盒，也嘗試說服小B，「吸一口，提提神，先完成PowerPoint再說吧。」

「康仔，你玩吧。別管小B，他是乖男生，個子小，膽子更小，不要勉強人家。Edmond，你還是給他一盒真的維他奶吧。小朋友飲奶有益啊，哈哈。」Eva尖聲浪笑。她的瞳孔開始放大，令人想起黑暗中的貓。

「好。我來。」康仔毫不猶豫地吮吸一口，即嗆咳兩聲，便把維他奶盒橫傳給小B。

小B猶豫不決，拿着維他奶盒，把目光投向三位同學——Eva的浪笑、Edmond的輕視、康仔的神氣，引來一陣思想衝擊，他心亂如麻，一時之間拿不定主意。

「一起玩吧！這是好玩意，我們是friend才預你一份。」Eva坐直身子，把打火機和錫紙交給Edmond，再移到小B身旁，坐下，把頭輕輕靠在小B肩上。

康仔乘機嚷道：「小吸一口，不要推卻Eva的好意。」

「快吸，快吸，別讓冰煙飄走，都是貴貨，要花錢買的，別浪費。」Edmond一邊點火焙冰，一邊催促。

「啜啦。」Eva溫柔地握住小B的手，將維他奶盒推到他的唇邊。

小B緩緩垂下頭，他嗅到少女的體香，感到少女的柔軟，心如鹿撞，服從地啜了一口……

2

我來到小碼頭，彎腰解下纜繩，登上快艇。阿Ken知道我心情欠佳，既不搭訕，也不說無聊的笑話，「隆」的啟動引擎後，便挪到駕駛座旁邊。

抬頭，石梯頂端，站着兩個黑衣人，距離太遠了，看不清他們的容貌，就身上的黑色衞衣、運動褲，該是小B和小鬍子校長。我向他們揮手，他們依稀也朝我揮手。

我按着阿Ken的肩膀，輕輕跳進駕駛座，還沒坐定，已扭動方向盤，把快艇駛離碼頭，加速開向北長洲海峽，望西博寮海峽駛去。迎面湧來一個白花花的浪頭，我想也不想，駕艇直衝過去。人與艇俱往上一拋，濺起的浪花，落在頭上、臉上，冷得令人發顫。阿Ken繫緊帽子，把燈芯絨外套的拉鍊扯高，雙手抱着身體打哆嗦。

剛才，在島上，小B換過衞衣和運動褲，站在當風的籃球場邊，也用兩手環抱身體，打起哆嗦。他雖不算嬌生慣養，但要在荒島至少住上半年，過極其簡樸而又不免勞動的生活，實在難為了他。不過，我們相信他會得到最好的照顧，尤其愛心和熱心滿溢的小鬍子校長，他的一番訓勉，教人心頭火熱——

他說十多年前籃球場中央聳立一塊巨大的花崗岩，首批入讀的男生希望打一場像樣的籃球賽，決定移走大石。用火藥炸掉它嗎？得花費十萬元。學校花不起，小鬍子校長鼓勵男生效法愚公移山，持續在大石旁邊焚燒垃圾。每燒斷一塊，便移走一塊，年復一年的燒和移，終於在六年後把大石移走，鋪上英泥，讓大家打足全場。

小鬍子校長炯然地盯着平整的籃球場，勉勵小B道：「各人心中都有一塊攔路石，要忍耐，咬緊牙根，流着眼淚去處理。不處理，它只會繼續阻攔你。」

這番話，對我同樣合用。我心裏的攔路石，何止一塊？要處理，可不容易啊！要完全搬走，不知何年何月？然而，按迫切程度，小B目前的境況最叫人着緊，年輕的他需要儘快戒除毒癮，讓生活、學業重回正軌。

起初，對於小B只小吸一口冰毒就「上正」（社工用語，即完全上癮），我甚為詫異。與跟進的社工交換意見後，才明白「一次上正」並非沒可能。

社工解釋，各人的身體狀況不同，對藥物的反應亦因人而異。服用同一種藥物，甲的反應較慢，乙的反應較快；或者同一個人，對藥物A反應較慢，對藥物B反應較快。行內人稱之為「受唔受得」，總之，不管慢或快，不管「受得」或「唔受得」，吸食毒品而上癮是遲早的事。

當日，小B吸了一口冰毒，不久後心跳加劇，情緒高漲，精神處於異常亢奮的狀態。他充滿自信，覺得通識科作業只屬小兒科，他不屑去做，隨手關掉電腦，把報告的資料撥到一旁，一心要做出更能表現自我的事。當他在Edmond的書櫃裏找到一疊原稿紙，便下定決心寫作，要當作家。才抓起原子筆，便覺文思如泉湧，意象層出不窮，像自動播放的PowerPoint圖片，一幅緊接一幅。他立即揮筆疾寫，寫寫寫，一小時過去，寫寫寫，兩小時過去，三小時過去。在忘我的創作狀態中，小B完全不覺疲倦，材料源源不絕，毫無枯竭之感。故事愈寫愈精彩，創意愈寫愈旺盛，如是者三個鐘頭，他寫滿了一百五十四頁原稿紙，方告力盡躺下。

我後來看過那疊原稿紙，密密麻麻、潦潦草草的滿是漢字。一般而言，文章結構粗略分四個階段，字組成詞，詞組成句，句組成段，段組成篇。遺憾的是，小B

那份「大作」，僅僅停留在字的階段，與小說的距離彷如天涯海角。我完全看不懂他寫什麼。

事後，小B念念不忘那段奇怪的經歷，整天心癢難當。過了三天，小B主動約Edmond放學校後在公園的六角亭見面，他想要冰又開不了口，說起話來結結巴巴的。Edmond深諳小B快要上釣，不待他說完，便非常合作地拿出一個小紙包。小B亦非常合作地接受引誘，第二次吸食冰毒，精神又經歷了一次「大起」。只是藥力過後，隨之而來的「大跌」使他萎靡不振。一股莫名的失落感把他的心情如墮深淵，終日悶悶不樂，對任何事情都提不起勁。第三次吸食冰毒隨之發生，接着還有第四次、第五次……

然後他開始出現幻覺，懷疑自己被跟蹤、監視，終日疑神疑鬼，而且對光線極為敏感。他常躲在房裏，不分日夜的放下窗簾，一來避免遭人監視，二來把光線隔開，儘量減低光線的滋擾。

姐夫和姐姐察覺兒子行為古怪、神色有異，便找小

B傾談。在父母嚴嚴追問之下，他才將吸毒之事和盤託出。

素來循規蹈矩的小B竟然吸毒，對於這個牧師家庭，簡直是晴天霹靂。牧師爸爸經常輔導教友家中的壞孩子，如今自己家中也出了一個，能醫不自醫，名聲盪然無存，他不禁反問：「我還適合站上講台教導會眾嗎？」師母媽媽同樣深深自責，對小B的關心不足夠，沒做好媽媽的本分，接着為小B的前路擔憂、抑鬱。夫婦一想到兒子的健康、前途，切膚之痛，分外椎心，應該擁有的客觀分析、冷靜思考等能力，不知怎的，完全旁落。小B看見父母傷心，一千個、一萬個後悔，但毒癮已成，無力自救，不知如何衝破困局。

我就在那一夜收到姐姐的電話，趕過去，抵步時，但見姐夫獨自坐在露台，頭垂得低低，不知是祈禱還是發呆；姐姐坐在客廳，兩眼通紅，茶几上下全是拭過眼淚的紙巾，就連歎口氣也看似力不從心，更遑論向我訴苦；至於小B，他躺在牀上，用被子把自己從頭到腳的蓋住，不肯走出睡房，不敢面對家人。

我從沒見過他們這樣消沉。

整個家一片愁雲慘霧。

這本來是個快樂家庭。

快艇在西博寮海峽拐彎，向北破浪前進，於喜靈洲前面以高速掠過。

喜靈洲島上的戒毒所在1975年啟用，可收納688人，而香港首間強制性戒毒所在1958年於大欖監獄成立，換句話說，至少在半個世紀前，香港人已跟毒害對抗。其實，把時間再往上推移，清道光年間林則徐燒鴉片，宋代的紈絝子弟服用蔓陀蘿花，魏晉士子吃五石散，都與毒品有關。毒害在人類的歷史中從沒間斷。五石散是毒品，蔓陀蘿花是毒品，鴉片是毒品，海洛英、冰毒、K仔同樣是毒品。時代不同，毒禍層出不窮。

結果，Edmond、Eva、康仔亦一併交警方和社工跟進。

就以他們為例，減肥、提神、好奇、逞強，竟是時下青少年濫藥、吸毒的理由，實在不可思議。

社工搖頭苦笑，道：「冰毒某些副作用，如加速新陳代謝、喪失飢餓感覺，初期吸服，Eva發覺效果不錯，以為有助減肥，可是類似的所謂『好處』，只屬短暫的。」

濫藥、吸毒須付出嚴重的代價，常見的，產生幻覺和妄想，導致自殘身體和傷害別人，日子久了，毒害破壞腦部功能，引致不可復原的精神障礙，亦即俗語所說的「黐線」。

政府的宣傳口號，我一向不敢恭維，但這句「不可一．不可再」，我很認同。說真的，毒品不論一口、半口、二分一口、四分一口，都試不得。

我始終不理解，吸毒為的是減肥、提神。年輕人心裏想什麼？在我落伍的思維裏，總把青少人吸毒跟草根階層、單親家庭、心靈空虛、疏於管教、缺乏關懷等劃上等號。然而，實際情況不盡是這樣，Edmond他們來自中產階層的健全家庭、就讀於區內名校、學校和家庭的照顧都充足。究竟我們的社會出了什麼問題？

社會問題，留給社會學者研究；小B的戒毒問題，留給小鬍子校長操心；小B的信心、意志，留給姐夫和姐姐祈禱交託。我的眼界、手法偏向實幹，層次低得很——我有仇必報。Edmond引誘小B吸毒，已受到當受的懲處，我放過他，但他那包冰的源頭，我一定要追究到底。

快艇剛穿越青馬大橋底部，我一咬下唇，立即急速左轉九十度。快艇向右舷傾斜，艇尾彷似失速一般橫掃，激起漫天白色的水花。阿Ken知道我的航線，也明白我的心情，早作準備，及時抓緊把手，沒給拋出快艇。

水花在陰霾的空中化成一團迷霧，從雲隙之間透進的日光，散發出軟弱無力的微光。我大力旋撥方向盤，修正前進方向，流線型的艇身往左一擺，馬上以直線航行，艇首直指屯門蝴蝶灣。

3

快艇在屯門惠豐園碼頭泊岸，阿Ken第一時間跳上碼頭，搓着手道：「太冷了，我要解凍。我去找杯熱巧克力喝，你自己辦事吧。」說罷，一溜煙似的跑進附近的商場裏去。

這個胖子，年不輕，力不壯，好逸惡勞，懶惰指數90，戰鬥指數19，我不會勉強他。況且，此事毫無難度，沒他幫忙，我亦能輕易辦妥。

我拴緊纜索，離艇登岸，沿海濱長廊迤邐而行。

*　　*　　*

海濱長廊中央栽了一列宮粉羊蹄甲，每隔十來步一株，晴天納涼，雨天擋雨，構想不壞。天色窒暗，有點風，風不大，濕氣卻重，蹄形葉片抵不住濕氣積聚，頭垂得低低，從樹下走過，也給感染得沒精打采。

我脫下皮褸，拍淨褸上的水珠，搭在肩頭，信步右轉穿過輕鐵總站。海濱長廊上，行人疏落；輕鐵總站裏，人流驟增。正值放學時間，中學生三三兩兩的從蝴蝶邨那邊進入車站。505和721月台各停了兩卡列車，614月台的列車還未到站，我跨越614的路軌，時間剛好，前面斑馬線的「紅公仔」轉換為「綠公仔」，我從容橫過馬路，停在蝴蝶邨外圍，看左看右。

我要尋找一個綽號「單車倫」的毒品小拆家。Edmond的毒品來自在屯門讀書的表哥，昨晚我揪住Edmond的表哥盤問，得知他的冰毒是向單車倫購買。

據那表哥說，單車倫以元朗作根據地，活動範圍包括天水圍和屯門，他習慣騎着單車去做買賣，例如，當他要往天水圍，就開客貨車到天耀邨，把車泊進停車場後，從車上取下單車，騎單車穿梭天水圍各大小屋邨，於學生、青少年流連之處，一手交錢，一手交貨。「單車倫」的綽號不脛而走。

昨晚，我迫Edmond的表哥打電話給豬朋狗友，打聽單車倫今天的「貿易路線」，得到的答案是「下午在蝴蝶邨」。於是，我便來到這裏。

我來，是要為小B出一口烏氣。

小B、姐夫、姐姐冷靜下來，或者經過祈禱，得到上帝的祝福，已經互相諒解，一同振作，把心力、精神擺在小B戒毒一事上。故此，懲處毒販，我樂意出力。

我站在十字路口，觀察一會，中學生成羣結伴的從右側的街角轉出，那邊該有一所中學，中學是我的首選地點。我披上皮褸，開步往右。與朝氣勃勃的男生、青春煥發的女生擦身而過，令我想起很久以前上課一條蟲、下課一條龍的中學生活。我笑了。當年，我是一條渴睡蟲，上學天天遲到，不怕罰留堂，記缺點沒改善，訓導主任拿我沒辦法，班主任卻想出一條絕妙好計，破格任命我作「領袖生」。「領袖生」的榮譽和責任令我不得不正視遲到毛病，我惟有多買一個鬧鐘放在睡房門前，每朝「金鼓齊鳴」，迫我起牀，於上課前二十分鐘趕抵學校，別上「領袖生」襟章，在門口站崗。從此我一改遲到的陋習，變成守時的學生典範。

學校對面的小公園入口，站着一個頭戴炭灰色OGK Entra單車頭盔、一身adidas螢光運動裝的高瘦漢子。那漢子扶着一輛Pinarello FP2碳纖維公路單車。

大概，他就是單車倫吧？

若非知道內情，旁人決不懷疑這個「單車運動員」正在販毒。

雖然運動裝束、運動器材、運動員造型為他掩飾毒品拆家的身分，但臉上的毒瘡出賣了他。試問，一個健健康康的運動員怎會長出一臉毒瘡？

一個戴銀色膠框眼鏡的男生走近單車倫，鬼鬼祟祟的，指間夾着一張摺成小塊的百元鈔票。

我朗聲問：「多少錢一滴？」一滴是毒品買賣的重量單位，約0.5毫克。

單車倫和男生登時一愕，男生瞄瞄左右，急急跑開。

我趨前，再問一遍：「多少錢一滴？」

路人、學生紛紛停下來，站在稍遠之處指手畫腳。

單車倫上下打量着我，豎起中指，囂張地叫嚷：「一滴什麼？一滴汗還是一滴血？」

「那就血吧！」我出手如電，施展鷹爪擒拿，扭轉他的手腕，看準他臉上最大最紅的毒瘡，箝牢他的中指，反插過去——

「哇——」單車倫尖聲慘叫，毒瘡應聲迸裂，流出瘀紅色的血、蝦肉色的膿，還有一陣腐臭。

我踢開Pinarello FP2單車，把單車倫拖到那戴銀框眼鏡的男生跟前，道：「小夥子，瞧清楚啦！嗑K、服冰的後果就是這樣，毒素在體內積聚，爆出膿瘡。」

「我以後不敢啦……」男生掩着口鼻想吐，嚇得急忙逃返學校。

「你到底想怎樣？痛呀！」單車倫痛得眼淚直流，不斷掙扎，卻掙不脫我的「五指山」。

「從實招來，你向誰人入貨？」

「說不得……」

「說不得？真的？」我再扳扭他的手腕和中指，指向他臉上另一顆毒瘡。

「不好，不要！我說了，是荃灣光頭勇。」

此時，一輛警車駛至。大概發生「血案」，路人報警。三男一女警員下車，帶隊的沙展問：「喂，你兩個，搞什麼？」

「阿Sir，他打我…… 救命……」

「你先放開他。」沙展盯着我。

「這人是毒販，把毒品賣給學生。你們拘捕他吧。」我把單車倫推給其中一名男警員。

「他誣衊我！我是一等良民，練車經過，被他無故扯住。」單車倫把衣袋、褲袋統統翻出來，「大家看，我身上何來毒品？阿Sir，要抓就抓他吧。」

他愈自信，愈坦白，愈囂張，愈顯得可疑。沒毒品，跑來這裏吹風麼？我從頭到腳、從腳到頭，打量他一遍，特別留意他沒翻出來的部分，呀，有了——

「沒毒品嗎？」我摘下他的單車頭盔，反轉過來，撕去帽墊，防震用的海膠不見了，空位塞滿小包小包的粉末和晶體。

單車倫無話可說。

「銬。」沙展下令。

兩名男警員馬上拘捕單車倫，把他押上警車。

「先生，請留步協助調查。」女警員從腰包裏取出原子筆和記事簿，「請拿出你的身分證……」

奇怪得很，她這舉動，竟叫我感到一份久違的親切。尋常一個女警員，我肯定跟她素未謀面，她又不是絕色美女。拿記事簿抄錄市民的身分證號碼，有何特別之處？我怎會有此異常的感覺？我沒吸毒，不可能出現妄想、幻覺，或許，近日為小B戒毒的事勞心費力，晚上又睡得不好……

「先生？」

「噢……」

「你不舒服嗎？」

「沒……」

「等一等，沙展。」阿Ken來到，捧着一杯熱巧克力，壓低聲線，夾雜濃重的順德鄉音說：「警察同志，這是我證件。」他掏出一張蓋上紅星印鑑的簡體字證件，在沙展面前晃了晃，不知是國內哪個敏感部門的疑似委任證。我猜他用五十元人民幣在深圳東門市場買的。半年前，他曾用一百元買了一張長白山師範大學天體物理學博士的證書，掛在書房作裝飾。

「你是……」

「領導吩咐我和拍檔祕密南下辦事，剛巧路過此地。」阿Ken的下巴向我翹一翹，「我這個拍檔最富正義感，看見毒販引誘學生吸毒，馬上制止，原意是懲惡鋤奸，無意搶香港警察的功勞，也不想留下任何紀錄。祕密南下嘛，你明白啦。這樣吧，案件是你們偵破的，與我們無關。」

「這樣安排，恐怕有點不妥當。」

「你們破案，功勞歸你們。妥當，妥當。若在紀錄裏，你們見過我們，恐怕將來你我都會有丁點兒麻煩。記着，我們是祕密南下的。」阿Ken向我招手，「就這樣決定吧，我們北返了。你們有機會北上，我請大家喝酒。後會有期。」

我向女警員微微點頭，說聲「不好意思」，趁沙展仍在猶豫，便隨阿Ken離開「血案」現場。

那女警員是誰？為什麼我對她產生親切感？我心裏始終放不開。

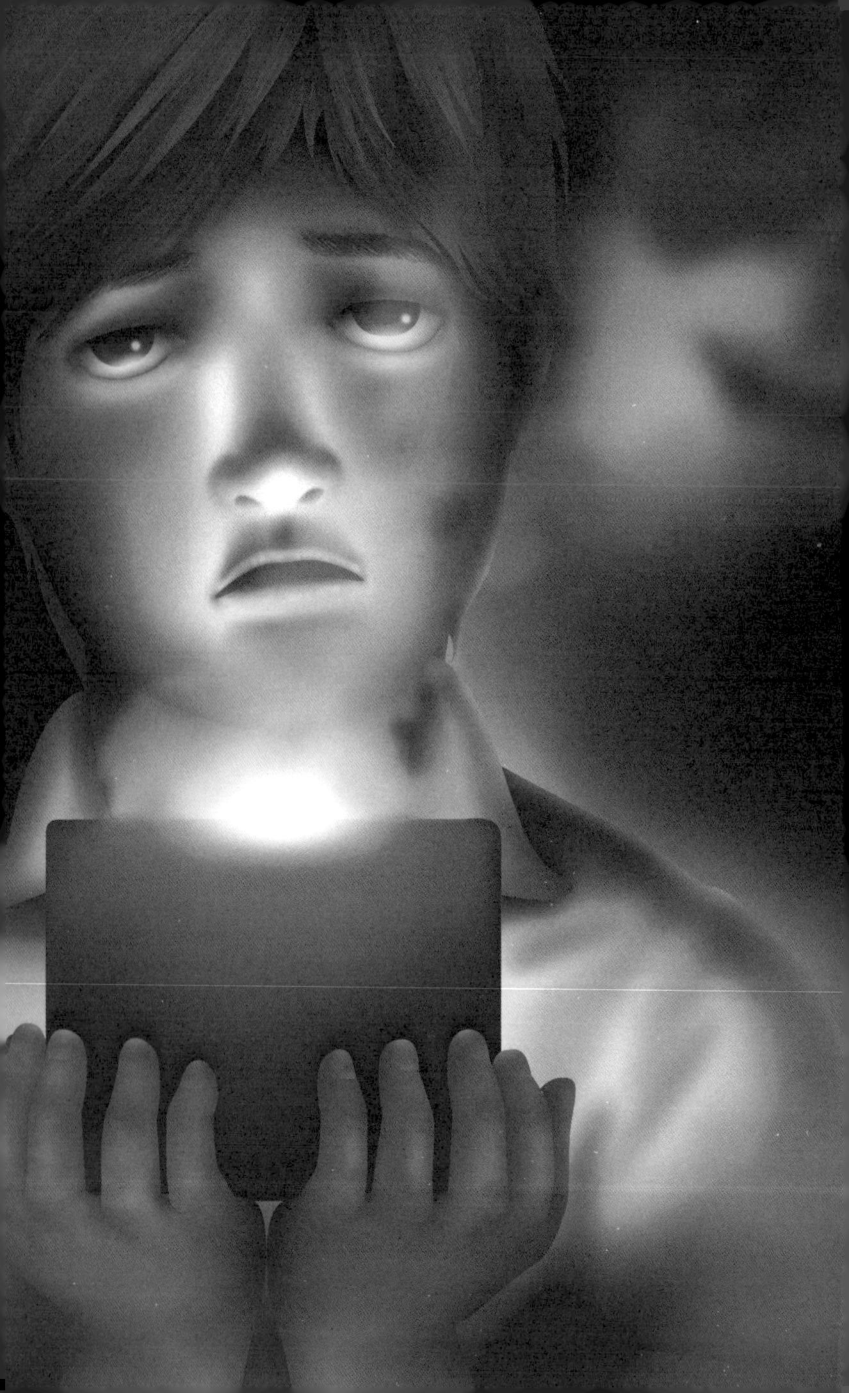

// 匣子情懸

黑幫老大竟是真生的前上司？

摯愛意外受傷的疑點，

叫阿Wing心事重重……

1

日落時分，斜陽照進R的家。

幫忙打掃的鐘點女傭已下班，R有特別行動，今晚不回來。

我來，除了探望油雞小姐和烤鴨先生（R的貓、狗），還有一個目的，就是躺在R的沙發上好好睡一覺。我在這裏睡得舒坦，並非她的沙發特別名貴舒適，而是鄰居的琴音。R家的隔壁半年前搬來一家三口，女孩的年紀跟小B相若，每天放學後習慣練習鋼琴，叮叮咚咚的樂音毫不吵耳，反有助寧神安眠。晚上失眠的日子，我便來這裏睡一覺。R取笑我，怪癖愈來愈多。我告訴她郎朗的故事。

當年，為了讓兒子成功考入北京中央音樂學院，父親帶郎朗由瀋陽老家遷居北京。那時，郎朗還是個小學生，每日的生活很簡單：上學、學琴、練琴。他每天晚飯後開始練習至夜深，附近的鄰居都抱怨琴聲滋擾，不斷投訴，甚至召來公安干涉。後來，郎朗因學習不遂意，又跟父親鬧意見，放棄練琴一段日子，然而，先前投訴得最厲害的鄰居竟然反過來央求郎朗繼續彈琴，他說：「從前我總是抱怨，要他停止彈琴，他總是不肯。過了一陣子，他彈的琴——我必須承認，他彈得真好——他彈的琴好像對我的神經起了作用。他的音樂讓我心平氣和。我哆嗦的雙手不再發顫，也不再像以前那樣容易受驚。自從他停下來，我的各種神經毛病又回來，我的手比以前抖得更厲害了。我需要他繼續彈琴。」

是的，音樂不一定擾人，視乎是誰演奏，以及彈什麼樂章。R的鄰家女孩經常反復練習蕭邦的《小夜曲》，愈練愈投入，愈練愈柔和。

郎朗的故事，亦啟發了我們不要單單羨慕人家的成功，還要思考成功背後的辛勞。有人不明白，認為郎朗彈琴時表情和動作過多，不夠莊重，過於造作。有所不知，郎朗四、五歲開始練琴，每天惟一的娛樂，就是吃晚飯時看二十分鐘卡通片。每當他彈琴，便幻想卡通片裏的孫悟空、哪吒、海龍王、變形金剛、唐老鴨、黛西鴨等卡通人物化成各種音符，在琴鍵之間互相追逐。他彈得快，它們跑得快；他彈得瘋，它們跳得瘋。看見郎朗彈琴時的表情和動作，我為愛迪生的名言「成功是一分的天才，加上九十九分的血汗」找到例證。我經常告訴自己，愛迪生只得一個，郎朗只得一個，阿Wing也只得一個，我要努力做好本分，才不枉此生。所以，我會格外欣賞努力的人……

成功需要天分，更需要努力。我想起Edmond等人，為他們的吸毒、濫藥而痛心。寄望每個年輕人將來擁有郎朗般的成就，無疑是天方夜譚，但生活在不愁衣食的香港，年輕人可有做好本分？善用充裕的物質環境，努力學習，就像隔壁彈奏《小夜曲》的女孩……

叮叮咚……叮咚叮……咚咚叮……

鈴——鈴——

我在半睡半醒間摸着電話，按鍵接聽：「喂，可否遲十五分鐘再來電？如果是貸款廣告，永遠不要再打來……」

「是阿Wing嗎？喂，什麼遲十五分鐘？你不是說十萬火急的麼？十五分鐘，足以燒死你！」

「你是？」

「我是何Sir呀！」

「何……啊！嘉薰醫生的死黨、重案組何Sir。」我打起精神，坐直身子，「不好意思，我睡着了。」

「你要的資料，我找齊啦。」

「謝謝，有多少？」

「三個蘋果箱。」

「可不少呢！我這就去警署取。」

「不用了！我看你還未完全睡醒過來。這些資料，屬於未完成案件的搜證，我向另一組同事借的，理由是內部參考。你外人一個，公然來警署拿，教我怎向同事交代？」何Sir頓了一頓，「我開車送來給你吧。」

「怎好意思啊？」

「送去你哪個住處？」

「九龍城獅子石道……」

「又是那間臭屋！可有別的選擇？」

「那麼，R的家吧。」

「好，半小時後見。」

掛線後，我到浴室洗臉，再往廚房斟滿一杯涼水，「骨碌骨碌」的一口氣喝下半杯，踱回客廳，站在窗前發呆。窗外是一個不噴水的噴水池，池面浮着幾片枯葉，像幾艘失舵、失槳、失帆的破船，在一泓死水上打轉，沒所謂起點或終點。

記不起剛才睡的那覺做過什麼夢，或許根本無夢，卻想起鍾偉民的幾句詩：

華屋投影池上

枯葉於屋頂浮沉

一切真與幻，可觸與不可觸

漸能辨識

人生並不如夢，都醒了

只是醒得太早

有點累，有點惺忪

夕陽的餘暉在遠山起伏的陵線上空，留下一抹玫瑰般的霞彩。油雞小姐在我兩腳之間繞行8字，左挨右靠的，用我的褲管撫擦背毛。我抱起牠，嘩！又重了，這頭躲在家裏享福的黃毛懶貓，肚子一天比一天大，跟阿Ken的不遑多讓。一直伏在門邊的烤鴨先生，抬頭看着我。看着這頭拉布拉多犬，想到外面蹓躂嗎？好，來吧。我在雜物架上找到牽繩，替牠扣上，右手依舊抱着油雞小姐，左手牽着烤鴨先生往外走。

彈琴的女孩騎車在屋前經過，在直路盡頭拐彎不見了。作息有時，年輕人努力學習之餘，需要適量的休息和運動，這才是均衡。單車的其中兩種用途，今天都有人向我示範了，既可用作運動，也可用作販毒，兩者極大的差距，足見工具本身是中性的，沒好壞之別，視乎落在什麼人手中，正如醫生用K仔處方治病，毒販用它害人沉淪。

單車倫供出毒品來自光頭勇，我追查下去，漸覺棘手。光頭勇背後的老大叫「雄爺」。雄爺表面上在荃灣沙嘴道經營麻雀館，算是合法生意人；背地裏，則是毒品大拆家。不過，我們後來查到，雄爺還是個提早退休的警察沙展，在警界打滾二十年，屬於典型的老差骨。警方懷疑他貪污受賄，曾對他作內部調查，最終找不到證據。遭到調查後，雄爺乾脆離開警隊，自立門戶搞生意。由於他熟識警方的辦案程序和手法，行事非常小心，警方一直抓不到他的痛腳。

雄爺不是單車倫一類的小混混。對付單車倫的招數，不能套用在雄爺身上，故此，我請何Sir幫忙，為我些找舊檔案來參考，知己知彼。誰知一找就是三箱。

半小時不到，何Sir和三箱資料來了。

我們合力把蘋果箱扛進屋裏。離去前，何Sir站在門口，帶點惆悵地說：「雄爺這個file，似乎牽涉龐大的販毒集團。這人十分狡猾，致使我們警方的調查處處碰壁，如果你有意跟進，可以的話，請助我們一把。」

我答應了。

*　　*　　*

餵過油雞小姐和烤鴨先生吃貓糧、狗糧，我為自己煮了一壺咖啡，烘了幾塊多士，塗上花生醬和牛油，邊吃邊讀第一箱資料——全是針對雄爺的調查報告，包括品格、背境、財務、有關的跟蹤和竊聽之類。總括而言，雄爺跟黑幫的關係尷尬曖昧。

同一個蘋果箱內，另有一份檔案，對近年黑幫販毒的情況作詳細分析和評估。我愈讀愈覺不安。讀了三頁，拿起咖啡，杯已空，便往廚房多斟一杯。

如果拿十年前、二十年前的報紙頭條新聞，跟今天的比較，從前有人打劫銀行、金舖、綁架富商，出現一些什麼賊王、悍匪的稱號。今天的呢？打劫、綁架這種成本高、風險大、刑罰重的勾當，黑幫早已不幹，取而代之的是建立龐大的毒品銷售網絡，「貨源」來自內地的山寨實驗室，本小利大，每來一批「貨」，便分拆散落全港十八區，由大拆家、小拆家至小小拆家，在大小社區內分銷，引誘學生吸毒，肯定是一種銷售策略，學生一旦上癮後，沒錢的自會變成更小的拆家，邊吸邊賣，本身既是受害者，又是引誘者，引誘身邊的同學吸食，賺取金錢買毒品。情況令我想起那些科幻喪屍電影，喪屍甲咬人類乙一口，使人類乙也成為喪屍乙，然後喪屍乙再去咬人類丙、人類丁。若沒方法堵截，後果不堪設想。

何Sir說得不錯，雄爺背後的販毒集團相當龐大。

在整個龐大毒網裏，沙展雄爺看來是一顆「小螺絲」，通風報信，為黑幫避過警方的掃毒行動。當然，這僅是懷疑罷了，並沒真憑實據，不然的話，警方早就把他繩之以法。現在，雄爺不當沙展，除下「正義」的假面具，毫無顧忌的由「小螺絲」變成「大螺絲」。

要是拔除了這顆「大螺絲」，會不會引發骨牌效應，使整個販毒集團崩塌、瓦解？

在公在私，我當仁不讓。

於是，與阿漆在電話交換過意見，彼此的看法一致，我們直接介入，至少幫助警方有證有據的拘捕雄爺，讓他們找到一個突破點，繼續搜證，搗破整個集團。

我回到書桌前，再呷一口咖啡，把杯子擱在窗台上，俯身打開另一個蘋果箱，最上層疊着七、八本照相簿，全是警方「狗仔隊」跟蹤雄爺偷拍的。那傢伙真富貴，經常進出高級食府、夜總會。尋常一個警察沙展，怎可能這樣「燒銀紙」式的消費？

錢從何來？大家心裏有數。

再翻查他的財務紀錄，他名下所有銀行戶口的存款加起來，不超過十萬港元，而且沒有物業。他大可抵賴，相識滿天下，吃喝玩樂均由親朋好友付鈔，難以循「財富與官職收入不相稱」查辦。到底他的錢藏在哪裏？不會收在牀底下吧？

根據資料，雄爺沒妻沒兒，光棍一條，但跟蹤紀錄顯示，他的情人甚多。有錢有女人，吃好住好，享受奢華。偏門勾當賺錢又多又快，難怪一雞死一雞鳴，作奸犯科的人剷除不盡。

在蘋果箱底，我還找到八、九本警員用的記事簿，有些屬雄爺本人的，有些屬其他警員的。看來，調查探員希望在雄爺的同僚的記事簿裏找到線索。我隨手撿起一本，警員的名字叫——

葉真生！

啊！竟然是真生的記事簿。

我的腦子響起一片「嗡」鳴，整個人愣住了，不知過了多久，才察覺拿着記事簿的手不住發抖，大概在看見真生的名字後，手就一直在抖。意識恢復過來，我瞧瞧記事簿上的日期，這是真生離職前所用的最後一本記事簿。粗略估算，雄爺退休的時間，約在真生離職後半年。雄爺最後的崗位是——

我回身從第一個蘋果箱裏取出一份先前讀過的檔案，打開——

隸屬觀塘警署的衝鋒車主管。

然則，真生是雄爺的下屬。巧合得難以置信。

當年，真生從企圖跳樓的媽媽手中搶救初生嬰兒，卻被那患有愛滋病的媽媽咬了一口，因而感染HIV病毒，黯然離開鍾愛的警務工作。

當日的行動，身為衝鋒車主管的雄爺，想必在場。

真生最後的警務崗位，跟這種壞人一起，簡直是一份遺憾。

我掀開記事簿，看見了真生的字迹。

我不自覺地用指頭一筆一筆的順着摹，順着描。

在日常生活裏，真生慣用記事簿，即使電子記事工具日漸普及，她還是不跟從潮流，喜歡把事情白紙黑字的寫下來。她說，書寫是一種情感流露。例如，重要的約會，她一筆一畫清楚、鄭重地記下；快樂的事，她以輕快的節奏筆走龍蛇；關於我的事，她下的每一筆，都是甜絲絲的。呆板的鍵盤、冰冷的屏幕、缺乏個性的電腦字體，永不能代替紙筆的溫暖。

我的眼有點酸、有點癢，摘下眼鏡，用手背擦一下，濕的，手背上多了一行淚痕。

我想起，今午在蝴蝶邨那位拿着記事簿的女警員，我對她的親切感，原來源自真生，我在她身上找到真生的影子。

平日，由於R介意，我壓抑着心底的思念，不提及、不思想真生，我自欺欺人。然而，真生從沒離開我的生命，一有機會，例如今午遇見拿記事簿的女警員，她就在我的潛意識裏浮現出來。事隔經年，這份感情並沒有隨時間的流逝而褪色。

真生始終是我生命裏最重要的人。

掀着掀着，在記事簿的末後部分，赫然看見「下午三時，被咬傷，送院治療。」

我的心頭一緊，集中精神，細閱——

「下午二時十二分，999電台通知，企跳，十分鐘趕抵現場，物華街46號天台，發現女人抱着BB，站在天台邊。部署如下：師兄談判，車長分散注意，沙展制伏女人，我搶BB。」

一般的衝鋒車編制，一車四人：主管沙展、司機、男女警員各一。真生所記的沙展，如無意外，就是雄爺。我讀下去——

「行動成功，沙展制伏女人，我搶走BB。」

增援的談判專家、消防員、救護員等等還未到場，他們馬上採取行動。當時情況非常危急，那女人隨時跳樓，危及嬰兒，不容他們等候增援。我再讀——

「女人突然發瘋，掙開沙展，撲過來咬我。我抱住BB，不能放手，硬給她咬了一口。」

真生！

雄爺枉你大男人一個，氣力竟及不上一個患病的女人，可惡！

那頁的最後一行，真生仍樂觀地寫着：「傷口不深，病假兩天。」

急急翻到下一頁，看看日期，已是兩天之後，真生這樣寫：「上午十一時五分，幫辦通知，那女人被驗出HIV，即到醫院接受愛滋病毒測試，十一時八分離開崗位。」

之後，記事簿再沒紀錄，猜想沒錯，真生的測試結果呈陽性反應，上級把她調離前線。她的警察生涯，就像這本記事簿餘下的紙頁，一片空白。

我的視野模糊起來，真生的痛苦、恍惚、憂慮、失落，我一一體會得到。

2

一覺醒來，已是日上三竿。我還是躺在R家的沙發上，身上多了一條被子。

憶起，黎明時分，矇矓之間，R曾替我蓋被，她還拍拍我的肩頭，在我臉上親了一下。我會意她着我繼續安睡，便安然合上眼睛，一覺睡至——瞥一眼腕錶——上午十一時。

我伸個懶腰，推開被子，從沙發上一滾起來。書房、睡房、浴室走過一遍，不見R，浴缸猶濕，看來她大清早回家梳洗一下，換過衣服又出去了。她是名副其實的工作狂。回到書桌，發現R從檔案裏抽出一頁紙，用咖啡杯壓着，紙上貼了一張黃色的post-it，寫着：「別看見真生的東西就魂不守舍，留意這份轉賬紀錄。」

我移開咖啡杯，拿起那頁轉賬紀錄，一看，拍拍後腦勺，該打，真大意。

原來雄爺每隔三個月把五萬元轉賬至同一個銀行戶口。這筆是什麼款項？銀行戶口的持有人是誰？跟雄爺有何瓜葛？

嗯，有古怪。

R的心思果然細密。

這筆轉賬從何時開始？至何時結束？抑或仍未結束？

我打開雄爺的財務檔案，找到銀行月結單，核對轉賬的賬戶銀碼，第一筆五萬元轉賬是…… 雄爺退休同一個月。是巧合還是有關連？至於結束時間…… 是…… 真生過世同一個月。

怎會如此巧合？

這些轉賬跟雄爺退休、真生過世，有沒有關係？

真生死於金大芝的毒害，雄爺退休是因為警方的內部調查，兩者之間沾不上半點關係。我頓覺如墮五里迷霧之中，思路蔽塞，全沒方向。

鈴鈴——鈴——

「請說。」我接聽來電。

「阿Wing，我是阿Ken，我跟阿漆一起。對方有動靜了。」

「你們見機行事，我馬上到。」我把那頁轉賬紀錄對摺兩次，塞進牛仔褲後袋，小心跨過睡在地板上的油雞小姐和烤鴨先生，走了幾步，還是折返把整份檔案和真生的記事簿一併取走，要仔細從頭再研究一遍，說不定還有些什麼地方遺漏了。

*　　*　　*

飛車趕到荃灣，跟阿Ken會合之時，他與阿漆已兵分兩路。

阿Ken登上我的車子，報告道：「雄爺和光頭勇利用少年人運送毒品。前面，那兩個揹背包的少年便是。阿漆跟蹤另外兩個到達天水圍，似乎找到一個毒品分銷中心。」

我循着他的視線向前看，前方不遠處，兩個少年，一高一瘦，大約十五、六歲，各揹一個背包，如果內裏裝滿毒品，數量倒也不少。

「他們尚未成年，即使被捕，只會判感化，或入男童院。」阿Ken搖頭，「這些入世未深的笨小孩，被壞人利用，盲目講義氣，不肯供出受誰指使。不過，聽說雄爺對手下相當闊綽，手下出事，他定會給安家費，因此警方拘捕他的手下，他亦不受牽連……」

「安家費……」

「阿Wing？」

「嗄？」

「幹嗎心神恍惚？我們動不動手？」

「當然動手。」我踏下油門，「通知阿漆同步行動。」

車子飆前，一晃眼，便超越兩名少年。我隨即煞車，撥轉方向盤。車子撞上行人道，攔住兩人去路。我和阿Ken跳下車。他們見勢頭不對，二話不說，轉身分左右逃跑。這兩個乳臭未乾的傢伙，雖然狡猾，但碰在我手裏，逃脫的機會百萬分之一也沒有。我飛身撲倒左邊的瘦少年，解下他的背包，使勁向右擲，背包「呼」的飛過馬路，擊中正跳越欄杆的高少年，把他從欄杆頂打落地面，跌得頭青額瘀。只見他強忍痛楚，欲掙扎爬起，已給阿Ken趕上，一腳踏回地上。

「阿Sir，不要濫用暴力，我未成年，受到法律保護。」瘦少年爬起來，高聲叫嚷，好一張有恃無恐的嘴臉。

「啪——」我重重的摑了他左臉一記耳光。

「哪一條法律保護你？答不出嗎？有書不讀，有好人不做。這巴掌，我代你的父母教訓你。」

「警察打人，我要投訴……」

「啪——」

他的右臉又多五個指印。

「我不是警察，專做警察不做的事。」我大步趨前，雙手揪着他的衣襟，勁透雙臂，把他硬生生的揪離地面，壓在牆角。

「大佬，別打……」瘦少年兩腳離地，哭着求饒。

「回去告訴雄爺，想要回毒品，就打這個電話號碼，跟我商量。」我放開他，把一張字條塞進他的口袋。

「你們是……」他雙足發軟，幾乎站立不穩。

「我們是什麼人？說給你聽，你也不了解。小夥子，運毒的風險和後果，你承受不起。下次，我不會只摑你兩巴掌那麼輕手。快滾！」

我一退開，瘦少年沒命的逃跑，像一頭被漁護署人員送回野外放生的黃麖。

馬路對面，阿Ken教訓高少年一頓後，也放走他，然後拾起兩個背包，大搖大擺地跑回來。我拉開車門，他把背包扔進後座車廂，拍拍雙手，笑道：「我們收穫甚豐。阿添那邊，也搶了一大批。」

「幹得好，乾淨利落。撤退。」

我們駕車離去。

拐了兩個彎，車窗外那兩頭黃麖，不，那個少年縮在橫巷之內，一人哈腰嘔吐，另一人靠牆喘氣，乍見我們的車子駛過，以為我們再來捉他們，像兩隻驚弓之鳥，慌得逃進橫巷深處，隱沒在疊起的雞籠、竹籮、木箱背後。

希望這次教訓有助他們醒悟，離開雄爺。

雄爺從不出面，警察搜到毒品抓到人，也奈他不得。

對付雄爺，我們採取跟警方不同的策略。特工辦事彈性大，可以越過警方的程序、守則、指引。雄爺想不到我們搶他的毒品，逼他出面。我們的計劃是，搶他一批，不出面嗎？搶第二批，還不出面？再搶第三批、第四批…… 直至他找我談判。只要他出面，就等於承認是毒販主腦，到時何Sir便有證據拘捕他。到目前為止，我們只在幕後出手，把最終的拘捕、檢控等工作交警方按既定的程序處理，除非雄爺背後牽涉跨國的犯罪集團，超越警方的執法權力，我們才由幕後跑到幕前，正式接手。

「靈感IQ稱得上，十分之高超，創作力量和幻想，會嚇你一跳，小雲和小吉，好重要……」

我與阿Ken舉起單掌，互拍一下。

只有致電我交給瘦少年的來電轉駁號碼，我的電話才發出這組預設的特別鈴聲。

「哈！兩批毒品而已，這麼快就心痛！」阿Ken扮個鬼臉，「雄爺不像是犯大案的人。」

我開啟擴音器，應道：「想要回毒品嗎？」

「兄台，你是哪一路的？我們行走江湖，要講江湖道義。」對方的聲音頗為稚嫩，不似上年紀的人，更不似上年紀的江湖中人。

「你是雄爺？」

「我不是……」

「你不是雄爺，我不會跟你對話。叫他親自和我通話。」我掛線。

阿Ken喃喃地道：「來電的人年紀輕輕，看來又是那種收了安家費替他賣命、沒長腦袋的小混混。」

「安家費！」我想通了，「阿Ken，幫個忙。」

「什麼？」

「給露絲電話，請她查出這個銀行賬戶的姓名、地址。」我騰出左手，從後袋裏抽出那頁轉賬紀錄。

「露絲，我是阿Ken……」阿Ken接過轉賬紀錄，用下巴和肩頭夾着電話，另一隻手往口袋裏摸原子筆。

每三個月轉賬五萬元，可能是安家費。雄爺在真生過世那個月停止付錢，而他又是真生的前上司，不管是巧合，是誤會，是有關，不查個明白，我絕不甘心。

「露絲查到了，那人叫黃玉鳳。」阿Ken把轉賬紀錄交還，「地址抄在背面，是觀塘物華街……」

「Okay，我在街角的地鐵站下車，你開車把毒品送交阿漆。」

「你去哪兒？這麼趕，要緊的麼？重要線索？需要支援嗎？要不要通知阿漆和露絲？你身上有武器嗎？我這裏有柄手槍……」

「軋——」我把車煞停，儘管跟地鐵站還有一段距離。煩死啦！我推門逃出車廂，匆匆跑向地鐵站，花點腳力，樂得耳根清靜。有時，我會羨慕阿Ken，他是個樂天派，順利完成一個工作項目，就能樂上好幾天，他一快樂就亂吃東西亂說話。然而，教訓兩個乳臭未乾的少年，有啥值得快樂？腦筋不正常。

或許，我不是快樂的人，才有這個念頭。

不正常的可能是我。

步入地鐵站，掏出「八達通」拍卡入閘。在通往月台的扶手電梯上，被兩個動作緩慢，各拖一架金屬小車的婦人阻礙了去路。我自問不算性急，耐性總有一點，但跟在她們背後，被迫放慢腳步，兩人卻慢條施理的說三道四，不顧別人。她們和她們的小拖車，彷彿一股百年一遇的洪峰，突如其來的把我的「耐性堤壩」沖毀。我的耐性一下子流光。這種小拖車，體積愈來愈大，人們載物愈來愈多，行動愈來愈慢，霸佔的公共空間也愈來愈廣，趕時間的人稍不留神，踢着小拖車就會給絆倒。月台傳來列車即將開出的廣播訊號，她們又阻塞電梯通道，我站在後面乾焦急，恨不得一人一腳，把這雙婦人甲、乙一併蹬下扶手電梯。

「又不是趕時間，這班列車趕不上，便搭下一班，反正地鐵的班次相當頻密。」真生曾經如此勸解我，同樣在地鐵站內。

「這些愚夫愚婦，阻住地球運轉，真惹人討厭。」

「你是武功高強的俠士，不會欺負無知婦孺。」

武功高強又如何？唉！連心愛的女人也保不住。

「哎呀！開車啦！快——」前面的婦人甲開步跑下扶手電梯，忙亂之間，小拖車的輪子擦撞旁邊的金屬圍板，車身向前彈起，掃中婦人乙的腿，婦人乙喊一聲痛，失去平衡，倒在婦人甲身上。眼看兩人將要雙雙滾下扶手電梯，我眼明手快，一手一個，及時拉住她們的手臂，右腳還踏定小拖車。

總算有驚無險。

「哎喲！你急什麼呀？又不是趕時間，這班列車趕不上，便搭下一班，反正地鐵的班次相當頻密。」婦人乙驚魂甫定，一面揉腿，一面埋怨，「幸虧這位英俊小哥及時拉住我們，否則，我們一定掛彩。」

「對不起，謝謝，謝謝，對不起。」婦人甲一臉尷尬。

「舉手之勞，何足掛齒。」

扶手電梯降抵月台，我側身越過她們。列車已開出。我惟有坐在長椅上，等候下一班。

英俊小哥，哈。我有自知之明，容讓自己陶醉一分鐘後，立即收拾心情，先給R電話，她為我花時間找到那頁可疑的轉賬紀錄，我總得向她道謝。可是，R的電話轉駁至留言信箱，可能正在開會，或在跟蹤疑人，不便接聽；可能惱我記掛真生的事，不肯接聽電話；也可能是我想多了；不過女人，尤其愛你的女人，總為你添煩惹惱。

我留了言，請她有空回電。

列車到站，我收起電話，走進車廂，站在車卡之間的接駁位置，倚牆佇立。不久，「咇」聲響起，車門關上，列車加速，穿入漆黑的隧道之內。

婦人甲、乙來到後一卡車廂中央，兩架小拖車並排擱在通道上，其他乘客無論是繞過、跨過、跳過，都諸多不便。套用小鬍子校長的比喻，她們的「攔路石」叫「自私」，不止在心中，還擺放在身外，妨礙他人之餘，她們並沒自知之明去處理，需要我出手嗎？社會上，自私的人何其多，我處理得多少個？

「喂，大姑，你們的小車可否移到一旁？」終於有人仗義執言。

「對呀，阻塞通道事小，絆倒乘客事大，尤其是老人和小孩，給你們的小拖車絆一跤，非同小可。」有人附和譴責。

「做人做事，要過得自己，過得別人。」

這社會畢竟還有公義。

婦人甲、乙在一片公討聲中，灰頭土臉的匆匆下車，也不知她們是否到達目的地？這車站是⋯⋯太子，噢，我該轉車了。我尾隨她們離開車廂，走向對面的月台，中途，她們轉乘升降機往上層去了。

開往調景嶺的列車到站。車廂不算擠迫，我從容去找到空位，坐下。旁邊的年輕人埋頭使用iPhone，指頭不住在屏幕上點畫點畫；對面的大叔在打瞌睡，閉上雙眼不住點頭點頭。我無聊地觀看大叔頭頂的電子告示板，閃過恒生指數19375後，一個叫阿強的向阿美示愛，說愛對方一千萬年。這段示愛告示的顯現時間只有三秒。在這三秒內，阿美有可能在地鐵車廂裏，湊巧地注視電子告示板，而沒眨眼嗎？這問題非常有趣。阿強付錢給港鐵公司發放示愛信息，如何肯定阿美一定看得見？同樣是花錢，這些錢用來買玫瑰花送贈佳人，就更划算，至少阿美肯定捧住花束，嗅到花香，而且，由花開至花謝肯定超過三秒。

換上是我，我會用買花的錢，請女朋友吃下午茶餐，吃進肚子更加實際。所以，真生和R都埋怨我不夠浪漫，不懂哄女朋友，真的，愛你一千萬年這種無稽話，我說不出口。誰有一百歲壽命？就算八十歲仍健在，已經雞皮鶴髮了，向另一個雞皮鶴髮的說我愛你，到時，阿強還有沒有今日的傻氣？不過，想深一層，說聲我愛你，有多難？我要向真生說，已苦無機會。不錯，珍惜眼前人，我還有R，可以向R說。

於是，傳了一個「我愛你」短訊給R。

按鍵「傳送」的手，在短訊傳送以後，臂上立時起了雞皮疙瘩，心裏泛起一陣甜意。

我開始理解阿強的傻氣和不切實際。

* * *

駛駛停停，列車不知何時開始在水泥灰的高架橋上高速飛馳。望向車外，建築物高高低低。東九龍區陸續重建，樓宇有新有舊，不管簇新的玻璃幕牆商廈，還是外牆斑駁的古舊唐樓，牆身都薄薄的黏上一層灰塵。都市化跟空氣污染是共生的正負兩面。

我在觀塘站下車，跑下樓梯，擠身路狹車密人稠的觀塘鬧市，一逕走到物華街。二十年前，以葉繼歡為首的一幫悍匪，在這裏連橫打劫六間金舖，葉繼歡挺着一枝AK47衝鋒槍站在馬路中心，以壓倒性的火力優勢，阻止警車駛進物華街。事後，好事之徒稱他作「賊王」。

今日，物華街兩旁依舊金鋪林立，金價萬元一兩，其門如市。「賊王」葉繼歡呢？他在赤柱監獄服刑，下半生要在輪椅上度過。誰說壞人沒報應？時間而已。

攤開轉賬紀錄背面，阿Ken寫的地址是：物華街46號3樓B座。

物華街46號！我記起了，真生就在這處的天台出事。

怎可能？這種巧合背後一定存在着某種牽連。

遺憾的，我還未想得通透，沒法查明來龍去脈。

我呆了半晌，決定先查問黃玉鳳，逐步抽絲剝繭。

一口氣跑上三樓，按響B座的門鈴。應門的是個十二三歲的男生，說話鄉音濃重，他說他一家姓李，沒人姓黃，他們搬來居住接近兩年了，不清楚從前的住客是什麼人。鑑貌辨色，他不似說謊。大概黃玉鳳搬家以後沒通知銀行更新住址。

線索中斷。我有點無奈。男生掩上木門後，我站在門外，瞧瞧白漆木門，瞧瞧暗翳的樓梯，再瞧瞧樓梯直通的天台。心理陰影關係，真生生前極之抗拒觀塘，為讓她安心，觀塘我甚少踏足，更別說這處天台。上面究竟是什麼模樣？我拍拍樓梯欄杆，心一沉，開步踏上梯級……

3

推開天台鐵門，撲面吹來一陣冷風，叫我不期然打個寒噤。

立住腳步，擦擦鼻子，風雖冷，卻不峭，寒意來自內心，由內而外，下一步，我將步進真生一生痛苦的轉捩點，我的心既寒且悸。

「師兄談判，車長分散注意，沙展制伏女人，我搶BB。」

我的手微微顫抖，雙腳似乎不受大腦指揮，需要集中意志，鼓起勇氣，右腳才跨前一步，帶領身體跨出天台。當下的狀況很古怪，頭腦和四肢好像分了家，我簡直有病！

天台比想像中還小，一半空間被一間由鋅鐵、木板和石棉瓦搭成的僭建屋子佔據。此時，有一個挽着菜籃、牽着小女孩的女人從屋內走出來。我沒表示什麼。我根本不知道在這天台還可以做些什麼？女人奇怪地瞄我一眼，也沒管我，拉着女孩下樓去了。

我低頭盯着腳下的石磚，試圖追尋真生昔日的足迹，一路追尋，一路追尋，直至腳尖踢到天台邊緣的矮牆，才曉得要停下來。我用雙手扶着矮牆，俯身往下看，下面是人流雜沓、廢氣充斥的物華街。葉繼歡曾經在下面開槍掃射警車，真生曾經阻止一個愛滋媽媽抱着無辜的嬰兒往下跳落。我感到暈眩。仰首，重重舒一口氣。雙手輕推矮牆，雙腳順勢緩緩後退，真生在差不多的位置搶去嬰兒後，一路後退，後退。那個愛滋媽媽突然發難，掙開雄爺，撲過來，張口咬下——

痛！我的心坎彷彿被一根無形的尖錐扎了一下，肌肉抽搐，滴血……

「靈感IQ稱得上，十分之高超，創作力量和幻想，會嚇你一跳，小雲和小吉，好重要……」

拿出手提電話，我搓搓臉頰，深深吸一口氣，極力克制自己，儘量不流露哀傷與怨恨，以一把不帶情感的聲音，明知故問地回應：「誰？」

「我是雄爺。」

「雄爺……」我咬緊牙根，緊握拳頭。

「今晚，午夜，龍鼓灘停車場，見面一談。」

「好。到時再談。」

對方掛線……

我抓着電話，瞪着前方地鐵列車的高架橋，好想好想趁下一班列車駛過時盡情狂吼一聲。

最終，我沒這樣做，因為我懂得克制。R說得對，不能因為真生而三魂掉了二魂。

事情愈來愈複雜，我要保持思路清晰。

鈴——鈴——

來電顯示是露絲的號碼。

「露絲，請說。」

「你剛才那通電話，我對比最近監聽雄爺的電話錄音，音紋完全吻合。給你電話的，是雄爺本人。」

「那麼，請通知阿漆，我們開始下一步行動。」

「曉得。」

一列地鐵列車在橋上駛過。

III 致命真相

警員執勤的記事簿、銀行轉賬的紀錄，

新舊證人，揭示真正陰謀。

1

你站在橋上看風景，

看風景的人在樓上看你；

明月裝飾你的窗子，

你裝飾了別人的夢。

今午離開物華街天台時，我想起卞之琳這首詩。

「裝飾了別人的夢，嘩！這等反動說話，千萬不要跟R說。」阿漆苦口婆心。

「隨便吟一首詩，你不必多心。」

「你說過，詩為心聲。」

「我有說過嗎？」我有點錯愕。

「接住。」阿漆趁我錯愕，突然擲來一份盒裝飲料。

飲料尚未飛到，颼颼勁風先至。阿漆大概要跟我開玩笑。我不敢硬接，聞風辨位，側身避開，一盒豆奶即在眼前掠過。我的右中指倏地彈出，朝盒底一捓，手腕一扭，把橫飛的豆奶，改為旋轉上升，卸去勁力。豆奶升至最高點，力盡下墜，我看也不看，左掌斜揮，把豆奶安穩地抄在手裏，沒破沒裂。

「卜——」阿漆扯起罐裝啤酒的拉環。白色的泡沫自罐內湧出。

瞧瞧豆奶的包裝，不是那些含塑化劑的牌子，便放心撕開盒蓋。

「難不倒你。」阿漆呷一口啤酒，「換作阿Ken或泰臣，不是給豆奶擲痛，就是把紙盒砸破。」

「你不會刁難別人。」我白他一眼，「老是刁難我。」

「我們自小就這樣，互試武功。師父稱之為切磋砥礪。」

「不過，有一次，你幾乎試掉我的小命。」談起童年往事，不管喜或愁，總教人悠然神往。

「我記得，在蘆葦叢嘛。」阿漆笑了笑，「是你使詐在先，偷偷在蘆葦叢內插下竹枝，咎由自取。」

「虧你笑得出來，現在想起，我還一身冷汗呢！」我也喝一口豆奶，「我那時不過是個小學生，年紀小，學武日子短淺，一下子怎練得成草上飛？踩在竹枝上跳來跳去，已經非常不錯了！」

「師父說得對，你有天分，卻欠毅力；有小聰明，卻練精學懶。」

「什麼練精學懶？做事要循序漸進，欲速則不達。」

「請不要歪曲循序漸進。你的草上飛，不是一下子就練成了麼？說起來，你還沒多謝我呢！」

我用鼻頭「哼」了一聲，把臉別開。

停車場出入口惟一的路燈底下，一條黑影子在黃澄澄光影中閃過。半夜三更，郊外的偏僻停車場，除了我和阿漆，以及前來赴約的雄爺，怎還有人？雄爺要來，只會乘車，不會徒步。唔，若非眼花，多半是流浪貓狗、黃牛之類。

「你最近跟R鬧意見嗎？」阿漆另開話題。

「她的脾氣愈來愈壞，動不動就惱我。」我大歎沒趣。

「我看，是你吊兒郎當，惹人家生氣了吧？」

「才不是。我對她千依百順，有空便到她家替她掃地、抹窗、蹓狗。」

「她要的是男朋友，不是菲傭。你曉得作男朋友嗎？」

「別五十步笑百步了，你也不見得曉得，不然，你跟露絲的關係怎麼也處於冷戰狀況？」

「唉！她整天鬧分手，女人真麻煩，真可怕。」

「聽人說，結了婚的更麻煩，更可怕。」

「誰說的？」

「梁科慶。」

「呸！身在福中不知福，那傢伙正白痴……」

「那傢伙…… 搞什麼……」

「誰？」

我指一下阿漆背後。

阿漆旋肩轉腰，斜眼往下瞧。

先前那影子，原來是個男子，不僅是男子，還是個胖子。驟眼看來，他的腰圍跟阿Ken的差不多，中央肥胖，屬於腸癌的高風險一族，應該每年作一次內窺鏡檢查。

我和阿漆坐在停車場後方高高的木棉樹頂，胖子沒發現我們，我們卻清楚看見他。他在兩部貨車之間穿過，慢慢走近我的寶馬，意圖不軌似的。

「他想偷車！你快放飛刀插他。」

「不是吧？」阿漆伸伸舌頭，「即使偷車，亦罪不至死。何況，他可能只是路過而已。」

「該死，難道不懂草上飛，就該當被你的飛刀追插麼？」

「小器！你還是耿耿於懷。我發誓，當日，起初我不知道你在蘆葦叢裏。」

「笑話，莫非你的飛刀安裝了自動導航？柄柄都朝我飛來。」

「我N年前已跟你解釋過，你就是不相信。師父說，要跟我練飛刀追石子，我便照做。怎想到，師父早你一步彈石打折你的竹枝。蘆葦草長，你的個子小，我看不見你，只對準石子的落點放飛刀。」

「可不是呢！我一落腳，即察覺竹枝折斷，身後飛刀追至，慌得我，連救命也忘記喊，只顧換氣上騰，勉強避過一刀，豈料下一根竹枝竟又斷了，飛刀又至，一口氣呼盡，換無可換，生死攸關，草也好，竹也好，什麼都不管，能夠借力向上彈的，就踩上去……」

「於是，你的草上飛就這樣練成了。愈飛愈高，愈飛愈快，我的飛刀追不上你。」

事實的確如此，然而，難道要感謝他放飛刀射我嗎？卻又不妥之極，那時候，我若非及時躲避，早就命喪刀下了。

停車場上，那胖子慢慢走開。

「哼！算你機伶，不敢偷我的車子，否則肯定要捱阿漆一柄飛刀。」

「我何時答應幫你放飛刀擲他？」

「你會出手保護我的寶馬……」

就在此時，遠處傳來一陣車聲，一雙亮炯炯的車頭燈出現於通往停車場的單程路上。

胖子在停車場出入口站定，未幾，一輛黑色的房車駛至，停在胖子身旁，車窗放下，胖子彎腰跟車內的人交談。

「原來胖子是探子。他想必看見我放在寶馬前座的毒品，認得包裝，知道是雄爺之物。」我道。

房車司機跟胖子談了幾句，把車開進停車場，距我的寶馬約二十米處停定，沒關掉引擎。

我與阿漆互相打個眼色，輕身躍下，悄悄落在木棉樹腳的陰暗處，再不慌不忙的現身，給胖子他們一個錯覺，以為我們一直躲在樹後。

胖子拉開黑色房車駕駛座的車門，一人下車。那人禿頭、闊臉，臉上掛了鼻環、耳環、唇環，披着一件運動外套，放開拉鍊，沒穿內衣，露出橫練肌肉。他當然不是雄爺。

車上再沒其他人。

阿漆低聲道：「他是光頭勇。」

「雄爺呢？」我高聲問光頭勇，當然，我心裏有數，雄爺今晚爽約。

「他不會來。」光頭勇的答案毫不驚喜，「我是代表，你有什麼要求，儘管跟我說吧。」

「雄爺不來，我不會跟任何人談判，你們回家吧。」

「回家？可以，但我們不會空手而回。」光頭勇舉起兩根指頭，「雄爺吩咐取回所有貨物，以及小偷的一條腿或者一隻手。」

「哈哈。」我訝然失笑，「就憑你兩個茄喱啡？」

「不止他們兩個。」阿漆低聲道：「聽。」

我側耳細聽——

沓……

急速而密集的腳步聲從沙灘那邊自遠而近。一夥人正踏沙而來。原來早有埋伏。憑腳步聲估計，「伏兵」至少十多二十人。不過，步履虛浮不穩，都是泛泛之輩。人多不一定好辦事。

「你們若知機，趁我的手足還未來到，我勸你們快快叩頭求饒。我或者大發慈悲，饒你們的手足不斬。」光頭勇的嘴臉不可一世，討厭之極。

「你放過我們，不怕雄爺遭責怪嗎？」我一口喝光豆奶，準確地把空盒子投進五十米外的垃圾桶。

「噢，準頭不壞，手勁不弱。斬了，可惜。」光頭勇雙手叉腰，「勇哥我今天贏了外圍馬，心情好，可以放你一馬。」

我與阿漆相顧一笑，這個傢伙沒頭髮、沒腦袋，只得一個禿殼，簡直不知死活，不好好教訓他一頓，實在對不起師父。

沓——沓沓——沓——

一批手執牛肉刀、削尖水管、單車鍊、壘球棍的漢子來勢洶洶的湧進停車場裏，其中有幾個不足十八歲的少年，惡形惡相之餘，仍一臉稚氣。

「機會我已給你們，你們不珍惜，自討苦吃。」光頭勇拍拍雙手，然後攤開，掌心朝外，「如何？想留下手還是腳？」

「怎樣？」我碰碰阿漆的手臂，「你對付左邊的十個，我對付右邊的八個兼光頭勇、胖子。」

「不如，我們來個比試。」阿漆露出一絲淘氣的笑意。

「好哇。難得你有興致，我奉陪到底。如何比法？」

「最先打倒自己負責的那批敵人，為之勝。輸的，今晚作東，請吃夜宵。」阿漆抽出飛刀。

「你用飛刀，省卻近身纏鬥，不公平……」

「別浪費時間，先取回貨物。」胖子踏前一步，指着我的寶馬，「貨物就在車上。」

不好！

一人隨即跳出，掄起壘球棍，望我的寶馬擋風玻璃敲下。

「呀！我的新車……」距離太遠，我空有一身武功，卻鞭長莫及，眼巴巴看着新車即將被毀，心中叫苦不迭。

阿漆手一揚——

「颼——」

白光閃過。

飛刀「卜」的插中壘球棍，餘勁猶在，震傷持棍漢子的雙手，壘球棍飛脫，打中站在後面的胖子，打得他一鼻子鮮血。

阿漆先聲奪人，眾人頓時遲疑起來，有幾個更慌張後退，車頭燈光掩映之下，人人面露懼色。一班烏合之眾。

「你替我省回修車費，這頓夜宵我請定了。動手啊！」我一躍而起，身在空中，連環快踢七記「無影腳」。最接近寶馬的七名漢子，胸口各中一腳。最強壯那個連退五步，其餘的慘叫一聲，仰天而倒。

我這輛是新車，落地才一星期，不能給這班蠢材弄花。

旁邊，阿漆亦出手不饒人，連放七口飛刀，刀刀命中目標的手腕。七根尖水管同時掉落，響起一遍「鈞鐺」之聲。

我乘亂搶入敵陣，縱身而上，右手打出一式「朝花夕拾」，揮拳擊倒一個使單車鍊的，左手探前，勾住光頭勇的鼻環，向上一提，光頭勇痛得殺豬般嚎叫，乖乖就範，被我牽到寶馬前面。

「你們這班蠢材，收了雄爺多少錢？竟連性命也不顧，你們值得為他賣命嗎？」阿漆把玩手上的飛刀，「還不快快棄掉武器！棄得最慢那個，就吃我一刀……」

鈎鈎…… 鐺鐺…… 我敲敲光頭勇的禿頂，問：「身上可有打火機？」

「有……」光頭勇左手按着鼻子，右手忙不迭往褲袋裏摸出打火機。

我拉開車門，選了兩包最大的K仔，扔在光頭勇腳前，喝道：「給我燒。」

「嗄！」光頭勇大吃一驚。

「燒！」我作勢要勾他的唇環。

「是是是。」光頭勇老大不願意，但拳頭在近，雄爺在遠，他不得不低頭，惟有蹲下點火。

「且慢。」阿漆喝道。

「是。」光頭勇大喜過望，以為我們改變主意，不用他燒燬毒品。

阿漆反手揪住胖子，旋動飛刀，手起刀落。

「呀——」胖子閉目，張口喊痛。

「你叫什麼？痛麼？」阿漆虛晃刀子。

胖子住口，摸摸手腳，奇怪地說：「不痛，但……」他拍拍右手，發覺衣袖不見了。

阿漆割下胖子的衣袖，擲給光頭勇，喝道：「用來助燃。」

「是——」光頭勇好生失望，拉長臉孔，繼續點火。

「你們回去告訴雄爺，要是他喜歡扮縮頭烏龜，不敢出面，我便繼續搶他的毒品，燒他的毒品。」我掃視眾人，沒人敢答腔。

火光熊熊，兩大包k仔連同胖子的衣袖，轉眼化成兩團灰燼。

眼前的火焰，令我想起一節《聖經》經文。

半年前的一次佈道會上，姐夫牧師所引的〈馬太福音〉三章十二節：「他手裏拿着簸箕，要揚淨他的場，把麥子收在倉裏，把糠用不滅的火燒盡了。」

這節經文預言的末日景象頗也恐怖，上帝降臨人間進行大審判，把稱義的人和不義的人分作兩批，不義的人下場像糠一般被火燒盡。那次佈道會，嚇得我差點舉手決志，要信耶穌得稱為義。由於印象深刻，事隔半年，我依然記得經文。若將這節經文引申開來，所謂不義的人，當然包括不悔改的毒販和吸毒者，到了審判日，不滅的火肯定是一場前所未有的大火，把一切罪惡燒得乾乾淨淨。

舉手，是個輕而易舉的動作，舉手決志卻一點都不能馬虎。決志信耶穌是一項嚴肅、真誠而神聖的個人抉擇，不應為討好女朋友，不應為升職加薪，也不應依從羊羣心態。所以，我縱然羨慕上天堂、害怕下地獄，但《聖經》一再強調，耶穌是「惟一」的門，除耶穌以外，別無拯救。這點，我不能確定，擔心選擇錯誤，姐夫牧師呼籲一次、兩次、三次，我都沒有舉手。

2

特工組織的基地裏，走廊上，我吹着口哨，步伐輕鬆，鬱悶時找場架打打，懲戒壞人，吐口烏氣，心情舒暢。

露絲在後面叫住我。

我立住腳步，回頭。

「我剛從入境處的資料庫下載、列印黃玉鳳的檔案，她只是星斗小市民一個，沒怎什麼特別。你要看看嗎？」露絲追上來。

「也好，就是這份？」我盯着她手上的檔案夾。

「拿去。不用還我。」

我接過檔案夾，翻開，第一頁的右上方印着黃玉鳳的照片，一看，愕然道：「原來是她！」

「你見過黃玉鳳？」

「昨天在物華街天台，她從一間僭建屋出來，還牽着一個小女孩。」

「原來她遷到天台居住，怪不得你在三樓撲個空。」

「我要再往物華街跑一趟。」

「等一等。」R在轉角處走出來，「我與你一起去。」

「你…… 也去……」我更加愕然。

「嗯。」R肯定地點頭，她的表情陰晴不定，我一時之間摸不透她的心意。

「向一個星斗小市民問幾句話，小事一樁，不必勞師動眾。」我嘗試推託。

R在我手上取過檔案，邊看邊說：「你大男人一個，找個中年婦女問話，不怕嚇壞人家麼？」

「對，有時女人跟女人說話，較容易溝通。」露絲調皮地向我眨眨左眼。

廢話，露絲你不是女人嗎？你從沒表示要陪我去跟黃玉鳳溝通呢！我橫她一眼。

她扁扁嘴巴，一臉愛莫能助。

「走吧。」R把檔案還給我，「開你的車還是我的車？」

「開我的吧。我的車子剛好泊在外面。」

「Bye，露絲。」

「Good Luck，兩位。」

別過露絲，我和R一同離開基地。

一路上，大家各懷心事，閉口不言，這狀況真不好受，我忍住不發作，因為發作了，關係會變得更糟。可是，R知道自己在幹什麼嗎？要是她介意，就別跟着來，既然來了，就不要板着臉。女人，真不可理喻。算了，悶聲發大財，保持緘默是最安全妥貼的策略。

「對於真生……」R終於開腔，一開腔，就單刀直入。她靠着車窗，淡淡地問：「你幾時才肯放下？」

「我……」到了此刻，我不吐不快，死就死吧，「我不瞞你。我不知道。本來，我以為自己已經放下，但當我發現與她受傷有關的線索，又忍不住插手。老實說，我若撒手不理，定會抱憾終身。我知道你介意，所以不想你參與。你又何苦呢？」

「我本來是介意的，但為了這三個字，我樂意與你同共進退。」R向我展示她的手機屏幕，「你的事，即是我的事。」

我瞥一眼屏幕上的字——我愛你——是我給她的短訊。

「R……」

「別跟我說只是哄我的假話。這即使是假話，我亦當作真心真意。你傳送，我收到，就一生一世。」

太感動了，我想哭，但我不能哭，半滴淚都流不得，淚一流，一生不羈的我就完全被R征服。她愛我，卻不能征服我。我愛她，卻不能成為她的俘虜。

我握住她的手，她反握我的手，緊緊的，十指互扣。我這輛寶馬是「自動波」，行駛時不用轉檔，單手操控方向盤，單腳操控車速，已經足夠。

我們再沒說話，全程手牽手、心連心，直趨物華街。

3

「咯咯——」

沒人應門。

又「摸門釘」？不是吧？這條線索值得追查。雄爺這些轉賬實有古怪，或者，轉賬在雄爺退休以後才開始，警方因此忽略了，又或者，警方也留意到，但他們發現黃玉鳳只是個普通市民，便到此為止。我卻不同，只要跟真生有些微牽連，我便鍥而不捨。

「啪啪啪——」我大力拍門。

「來啦！誰呀？等等。」屋內傳出一把女聲，接着是左腳穿了拖鞋、右腳赤足踩擦地板的不勻稱跫音。

「伊——嘎——」木門張開三十五度角，黃玉鳳站在門後，露出半張臉，頭髮沒梳好，不耐煩地問：「什麼事呀？」

R不打話，側身用肩頭一擠，把門擠開，黃玉鳳被迫退後三步。

我們一前一後的閃進屋裏。屋裏陳設簡單，中央放置一張打麻雀用的方桌，圍着三張圓摺凳，桌上擺着發泡膠飯盒、罐頭、零食之類。屋角鋪一張四呎睡牀，牀單褪色殘舊，牀邊豎了一個缺一扇門的木衣櫥。傢具不是破就是舊。空氣瀰漫一陣霉味，霉味源自堆疊在衣櫥與睡牀之間的幾個紅白藍帆布袋，袋裏分類塞滿從街上撿拾回來的鋁罐、廢紙、塑膠瓶。一個面頰乾紅的小女孩坐在鋁罐旁邊的半張破牀墊上，手裏抱着布娃娃，眼睛睜得大大，正疑惑地觀察我們這兩個陌生的叔叔和阿姨。

「你們幹什麼？……」

「黃玉鳳，我有幾個問題要問你，希望你合作地如實回答。」我道明來意。

「你？我認得你，你昨天在外面鬼鬼祟祟的。你們是什麼人？警察？我為什麼要合作？」

「是我們問你，不是你問我們。」R掀開外套一角，有意無意的露出插在腰間的手槍，再從外套的裏袋取出一疊鈔票，拋在桌上，「你肯合作的話，這些錢，拿去給小妹妹買玩具。」

趁黃玉鳳不知被手槍抑或被鈔票嚇呆，我退後一步，在R的耳畔說：「女人跟女人的溝通方式，原來如此，失覺。」

R轉身，開口不發聲的說：「女人有多種，溝通方式因人而異。」

黃玉鳳將信將疑的伸指頭掃撥桌上的鈔票，臉上的敵意明顯銳減。於是，我在檔案夾裏抽出雄爺的照片，特意放在那疊鈔票旁邊，問：「你認識這個人嗎？」

「從沒見過。」

「那麼，這些轉賬呢？」我再抽出轉賬紀錄，「告訴我們，在這段期間，每三個月給你錢的人是誰？他為什麼要給你錢？」

「這筆賬，說來話長了。」黃玉鳳回望小女孩一眼，再瞧瞧桌上的鈔票，「她叫小敏。我跟她媽媽是表姊妹。表妹臨終前，託我照顧女兒，我只是一個清潔女工，收入不高，有心無力。表妹便抄下我的銀行賬戶號碼，說只要我願意照顧小敏，將有財神爺按時給我錢。」

「原來她不是你的女兒。」R打量女孩。

「小敏的爸爸還在嗎？」我問。

「唉！她的爸爸是誰，就連表妹本人也不清楚。我不是說死人壞話，表妹生前吸毒，終日跟一羣同道中人胡天胡帝。」

「你的表妹因何而死？」我追問下去。

「她死於肺炎。不過，她是愛滋病患者，身體免疫力極差，醫生說，尋常的感冒菌足以奪命。所以，換句話說，她是死於愛滋病。」

千頭萬緒之間，我似乎找到一條較為清晰的線索。

R緊盯着黃玉鳳道：「關於轉賬的事，說下去。」

「表妹過身後，果然有人按時轉錢給我，錢雖不多，但省着花，足夠養活我和小敏有餘。本來轉賬很穩定，過了幾年，不知何故，錢突然不來，我又不認識那人，追無可追，我也沒辦法。就是這樣了。」

「當日為什麼要搬家？」R問。

「原因很簡單，缺錢，負擔不起租金，只好搬往翠屏道的小單位。後來，舊街坊告訴我，這天台屋的住客搬走，我們便搬上來。天台屋的租金便宜多了。而且，表妹和小敏從前在這裏居住，這屋子算是小敏的故居。」

「她兩母女曾經住在這裏？」我不禁緊張起來，「你的表妹是不是曾經企圖抱小敏跳樓？」

「咦？你怎知道的？不是跳樓。我初時也奇怪表妹無緣無故自尋短見，她後來告訴我，是演戲罷了。」

「演戲……」我不由自主地陷入顫慄。

R拍拍我的背，着我冷靜。我的臉色一定很難看。

「你的表妹演完那場戲後，是否出奇的手頭鬆動？」R也找到那條線索，舉一反三，只待黃玉鳳點頭答「是」，事情的始沒便告明朗。

「靈感IQ稱得上，十分之高超，創作力量和幻想，會嚇你一跳，小雲和小吉，好重要……」

R、黃玉鳳和小敏不約而同盯着我的手提電話。我托一托眼鏡，拿起電話，定一定神，直截了當的應道：

「有話快說，雄爺。」

「好，我讓步。我們見面吧。時間、地點，由你決定。」

「不必了。」

「不必……」

「我，會來，找你。」

4

「阿Wing，你找雄爺算賬之前，還得見兩個人，跟他們談一談。」R繞到我跟前，迫使我停下來。

「誰？」

「當日在天台上另外兩個警察。」

「不必多此一舉。黃玉鳳已間接證實，那愛滋女人咬完真生後，突然大發橫財，不用說，錢是雄爺給她的，這分明是一個局，雄爺買通愛滋女人，陷害真生，他故意放開愛滋女人，讓她咬真生。」我咬牙切齒。

「Why ？雄爺幹嗎要這樣做？」

「動機已不重要，我追究的是後果。要知道原因，也不難，先讓我狠狠揍他一頓，再審問不遲，他若不招，我會用滿清十大酷刑。」

「這是違規的！值得嗎？」

「能為真生討回公道，值得。」

「不值得，絕對不值得。阿Wing，你聽我一次，請你冷靜想清楚，真生已死，你仍活着，而我們在一起，前面還有幸福快樂的日子，你還要繼續行俠仗義，雄爺只是個社會敗類，這種敗類多的是，你不值得為一個敗類自毀前途。」R頓一頓，柔聲道：「真生不會贊成你這樣做的，我肯定。」

R的冷靜，正好平衡我的衝動。我明白的，她打算依循合法途徑對付雄爺。起初，當雄爺的惡行，仍是販賣毒品給學生，我的計劃跟R的沒分別，但當雄爺的惡行愈揭愈多，竟包括陷害真生，我就沒法保持冷靜，復仇已凌駕於合法與違規的考慮之上，若不是R攔阻，我早已衝進雄爺的麻雀館，不由分說把他打個半死。雖然特工辦事「彈性」較大，還有很多方法掩飾我們的「違規」，但我要思考的還是那句，值得嗎？

如果受害人不是真生，我會處變不驚，從容和客觀地應對。可那是真生啊！幸好有R在我身邊，及時阻止我犯錯。

我得聽R一次。

*　　*　　*

R找來警員陳方正和李祺，前是是當年的警車司機，後者是真生在記事簿裏提及的「師兄」。

露絲負責問話，我與R在單面玻璃後監視。

一問一答，陳李兩人知無不言，言無不盡。可惜，事隔多年，他們當年忽略的好些細節，今日更已遺忘。結果，問話完畢，事與願違的，露絲找不到可以起訴雄爺的實證之餘，反而加深了我對雄爺的憎恨。最後，R沒辦法之下，惟有失望地說：「我給你十五分鐘。」

「十分鐘已經足夠。」我拋下這句話，便啟程前往荃灣沙嘴道。

R十分鐘後才出發。

一路上，我回想陳方正和李祺的口供，儘量客觀、中立地琢磨一遍，以確定沒有冤枉雄爺——

「當時的情況是不是非要即時行動不可？我記不起了。那女人的確站在天台邊緣，手抱着BB。」

「我之前沒見過那女人。」

「我也沒見過她。」

「我現在仍這樣覺得，雄爺是現場指揮，他經驗老到，我們應該信任他，服從他的指揮。」

「我本人沒受過談判訓練，事急馬行田，雄爺命我談判，我惟有盡力而為。」

「雄爺當時的部署，看得出，是用談判分散注意，目的是儘快搶救BB。BB是無辜的，策略亦無可厚非。」

「那女人很瘦，估不到力氣那麼大，女人發起瘋那蠻勁，很難說。雄爺明明箍緊她，也給她掙脫。」

「是不幸，是意外。真生運氣不濟。警署上下都為她感到難過。」

「雄爺的為人？唔，疏爽，有義氣，借錢給人，永不追債，經常請大家吃喝玩樂，尤其掃毒組、反黑組的伙計，大夥兒混得稔熟。」

「錢嗎？雄爺手氣好、眼光準，經常贏馬，他買外圍，下注又大，贏很多錢。」

「同僚賭錢總是有的，下注有大有小，有人光顧馬會，有人光顧外圍，都是個人喜好，不傷天害理，我不管人家的事。」

「我們喝下午茶時，雄爺有時獨自跑開，我們從不過問，心照啦，他去找外圍收數佬下注，就在茶檔附近，真生無意中碰見一次。」

「真生也見過雄爺的下注紙，她看不懂，還開玩笑說，似間諜電影的密碼。我跟她說，不要再提，雄爺不高興。她有沒有追查下去？應該沒有吧？我這個師兄的話，她總會聽，我跟她說，人家的私密，寧讓你知，忌讓你見，賭外圍馬並非十惡不赦，彼此同僚，總要給雄爺一點面子。」

總的一句，我沒冤枉雄爺。雖沒實質證據，但綜合黃玉鳳、陳方正、李祺的口供，以及黃玉鳳的銀行轉賬、真生的記事簿內容，雄爺賭外圍馬贏錢純屬掩飾，實情是他收受黑錢，為黑幫毒販提供情報。為避過電子竊聽、監視，他採用最原始的方法，把暗號寫在下注紙上，直接交給接頭人。偶然被真生碰見，她卻不知實情，也無意追查，至少她與我交往之後，從沒提及雄爺此人，可見她沒把人和事放在心上。可是，爺爺竟狠心下毒手，買通愛滋女人陷害真生，愛滋女人死後，他「有義氣」地繼續付錢，直至真生過世。

我沒冤枉他，他絕對死有餘辜。

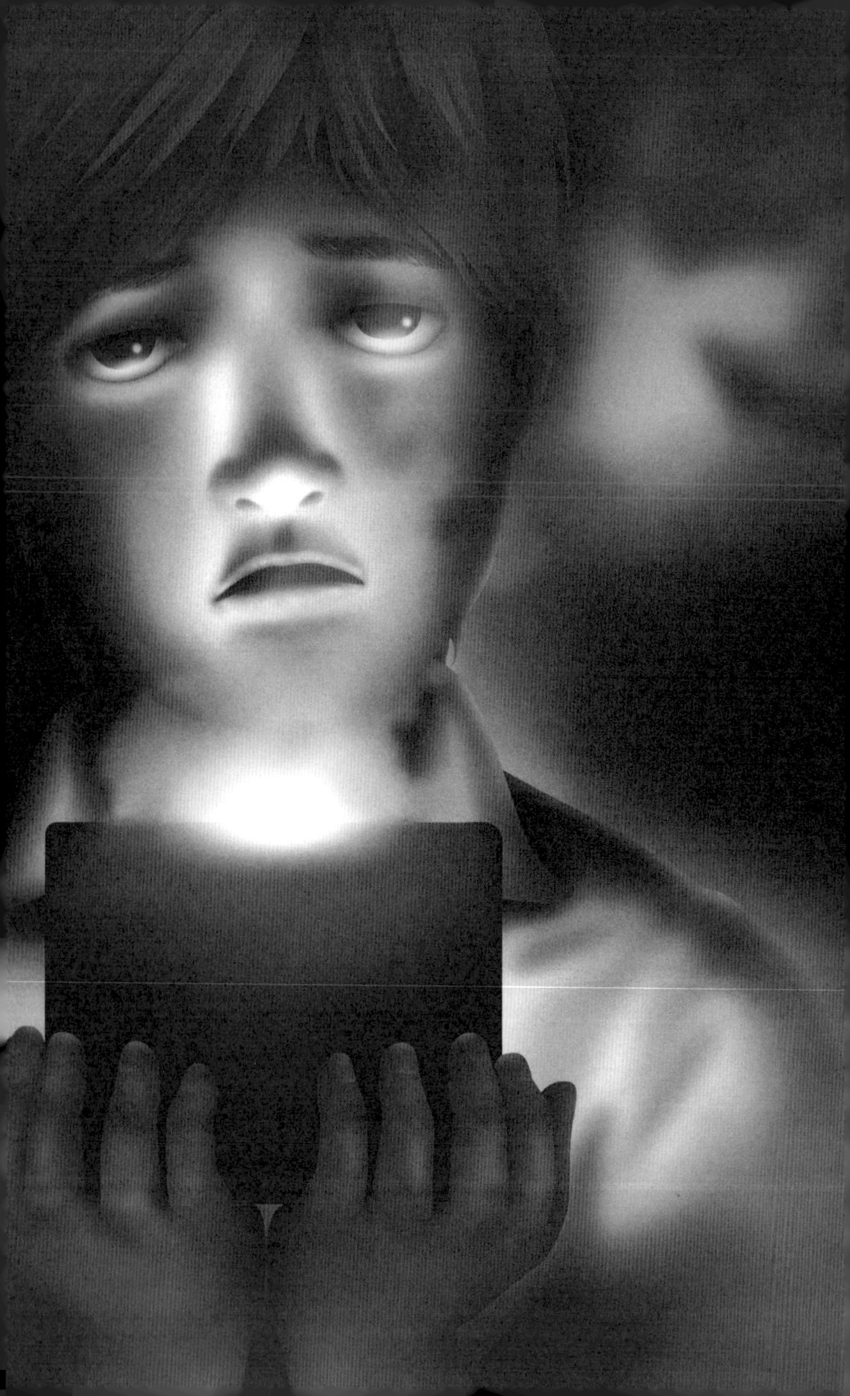

Ⅳ 毒勢力

特工踢館踩場，疑犯卻遭一針幹掉？

難纏的南亞裔殺手，

背後惡勢力為何？

1

我來到雄爺的麻館門前，手上挽着一個脹鼓鼓的「紅白藍」。

有人推門出來，樣子愁眉苦臉；有人拉門進去，一臉興致勃勃。

一句慫恿別人賭錢的話：「大賭傾家蕩產，小賭怡情養性。」稍為細心分析，不難發現話中的漏洞，究竟何謂大？何謂小？傾家蕩產的賭徒，最初走近賭桌，十居其九是自我欺哄或受人欺哄「只是小小的玩一、兩局。」大凡惡習皆由「玩」開始，至沉溺不能自拔，才恨錯難返。賭博、吸毒、酗酒、上網成癮等等，都是如此。對於自制能力，人每每高估自己。小孩子玩online game，跟父母說只玩半個鐘頭，結果個半鐘頭轉眼便過去，還不肯離線，情況跟愈飲愈多的酒徒、愈輸愈多的賭徒、愈吸愈多的吸毒者，如出一轍，同樣可憐，同樣可悲，愈陷愈深，心靈完全被惡習控制、佔據。

眼前雄爺的麻雀館，藏污納垢，前鋪是賭，後鋪是毒，賭、毒害人不淺，不知斷送多少年輕人的大好人生？拆散多少美滿家庭？

還有，我的真生，同樣遭到雄爺毒手。

我豈能放過他！

我拉開磨砂玻璃門。

「碰——」

「八萬——」

「上——」

「食糊——」

「老闆，歡迎歡迎，這張枱三番起糊，夠刺激，沒興趣？台灣牌吧，也沒興趣？那麼，這張枱，二五雞，衛生麻雀……噢……嗚……」

我隨手抓起右邊桌上的一隻「白板」，塞進囉囉嗦嗦的職員嘴裏。

「喂！你幹嗎拿走我的白板？」其中一個竹戰者抗議，「我這局是大三元……嗚……」

我把另一隻「紅中」塞進他嘴裏。

沒人抗議了。

我繼續向前行，跟坐在櫃枱後面的光頭勇和胖子打個照面，他們的鼻頭都貼上藥水膠布。甫看見我，他們登時慌了手腳。光頭勇拿起電話，又失手掉下。胖子轉身溜進賬房，不知踩着什麼，滑了一跤，摔倒櫃枱之下。

「自摸五筒，哈哈！清一色，雙辣，大殺三方！」右邊的大叔興奮喊道。

我停下來，勁聚拇指，在那隻「五筒」表面一按一捺，笑道：「五筒變一筒，你吃『詐糊』，賠三家。」

「小子，你說什麼鬼話？」

我挪開拇指。

「啊呀！麻雀牌被他按成一個大洞。」大叔的「上家」駭然，「他的指力……」

「我這明明是五筒，這局我明明糊出，你們要賠……」大叔仍不死心。

「別打啦，不知這人是何方神聖，別開罪他。」大叔的「下家」乘機推牌。

「啪──」我把「紅白藍」扔上麻雀桌，桌上一半麻雀牌給震落地板，「紅白藍」的袋口彈開，內裹的毒品散到桌面。

四人譁然，連忙逃離麻雀枱。

附近的打手見狀，如狼似虎的湧至，把我圍在圓心裏。人人磨拳擦掌，似要撲過來將我分屍。

麻雀館內，頓時鴉雀無聲。

「我的厲害，你們昨晚沒見識過，也該有所聽聞。圍上來，找死嗎？」我瞪着光頭勇和胖子，他們早已縮在櫃枱後面，露出一個禿頭和一個「豬頭」。

打手們在裝腔作勢，沒一人有膽進攻。

「住手，住手。」一個身穿杏黃色唐裝短打的中年漢子，手托鳥籠，嘴叼煙斗，站在連接閣樓與地廳的樓梯之上。

我認得他。他就是雄爺，尤其他那高而隆起的鷹鼻，跟檔案照片的一模一樣。

雄爺氣定神閒地踱下樓梯，笑吟吟地說：「各位貴客，小店今日的營業時間到此為止，明天請早，招呼不周，多多包涵。」

一名打手大開店門，賭客們紛紛離座，不消一分鐘已統統走清。那打手馬上緊閉店門，拴上橫柵。沒閒雜人在場，動起手來不必顧忌，正合我意。

雄爺下到地廳，與我相隔一張麻雀桌，坐下，上下掃我一眼，把鳥籠和煙斗遞給光頭勇，向我拱手道：「兄弟……」

「我跟你籍貫不同，非親非故。」

「四海之內皆兄弟也，何必見外？」他依然惺惺作態，「來人，斟茶。」

「卑鄙小人。」

胖子端來一杯茶，怏怏放在麻雀枱上，匆匆退開，像活見鬼一般。

「請喝茶，萬事有商量，有話慢慢說。」

「呸！」我一甩衣袖，把茶杯捲走，「啪」的打在牆上。

「年輕人的火氣真猛。阿勇呀，快到隔壁涼茶舖為客人買碗二十四味，降降火，消消氣。」

「不必了，你把頭伸過來，讓我摑兩巴掌，我或會消氣。」我環視一周，「你們，今日一個都跑不了。」

「呵呵，原來矛盾弄至這麼僵。不知我們有什麼地方開罪你呢？」雄爺再拱手，「我在黑白兩道混了幾十年，總算認識一些有勢力、有名望的朋友，請閣下給幾分薄面。」

「你的面皮雖厚，但傷天害理，天地不容，就算天皇老子出面，都保你不住。」

「你踩我的館，踢我的場，罵我傷天害理，我究竟傷了誰？害了誰？」

我從「紅白藍」裏抓起一把k仔，罵道：「引誘青少年吸毒，罪大惡極。」接着用力一握，向前鄭出。

「啊——」旁邊的打手發出低沉的驚呼。

雄爺瞇起雙眼，臉色一沉，接過光頭勇火速雙手奉上的毛巾，抹淨頭上、臉上、身上的白色粉末，收起他的假惺惺，反唇相向：「全港十八區，區區有人販毒，我跟你有仇嗎？你哪裏不搞，偏要找老子麻煩。我可不是好惹的！」

「我就是跟你有深仇大恨，偏要來找你麻煩。」

「我不怕你，只是不明白我倆素未謀面，何來仇怨？」

「為了，真生。」

「真生……」雄爺目光閃爍，「真生是什麼人？」

「你不認識真生？說謊者我見得多，像你這種演技差劣的，倒也罕見。你指使一個假裝跳樓的愛滋女人，咬了真生一口，使真生感染HIV病毒。那女人死後，你每隔三個月轉賬五萬元給她的親戚，供養遺下的BB女，直至真生過世。這些事情，你不會忘記吧？何況，有銀行轉賬紀錄為證，不容你抵賴。」

「那，你想怎樣？」

「有冤報冤，有仇報仇。」我一拍桌面，震起「東」、「南」、「西」、「北」，同時打出一式「推窗望月」，左掌橫撥，把四隻麻雀牌掃向雄爺身後四名打手，打得他們人仰馬翻，同時右拳直出，出手不留情，化悲憤為力量，重拋出擊，擊中雄爺的鷹鼻。

雄爺「哇」聲慘叫，仰天翻倒，鼻骨折斷，血流披面。

我躍過麻雀桌，一腳踏在雄爺胸膛之上。雄爺斜眼望向樓梯，向那邊的打手求援；然而，以光頭勇為首的其餘打手呆若木雞，沒一個敢上前干涉。

我掄起拳頭，待要再打。

「饒命，好漢饒命，咳咳，請聽我說，咳咳，不錯，我製造意外逼使真生離開警隊，目的，是為救她性命。若非我，她當年早已喪命。」

「你還砌詞狡辯！」

「句句屬實，並無虛言。請給我機會解釋。」

「好，我這就給你一個機會。」我把他從地上揪起，騰出「鷹爪」扣住他的喉頭，「若有半句假話，我即時斃了你。」

「都是真的。我受販毒集團收買，為他們提供情報，協助毒品安全運送，一幹便十多年，從沒差池。毒販大老闆行事非常謹慎，作風心狠手辣，當知道真生對我起疑，便下令殺手除去真生，寧殺錯，莫放錯。真生是個好女孩，我不忍心，兩害取其輕，我便搶先一步，安排那次意外，再游說大老闆召回殺手。真生是個好女孩，生活檢點，即使感染HIV，亦不一定病發。」

「原來這麼曲折離奇，像拍電影一樣。我呸！你當我三歲小孩嗎？相信你的一派胡言。」

「都不是謊話！我沒騙你！我們的組織規模龐大、跨國。」

「那麼，你的大老闆姓甚名誰？」

「他叫……」

「唬——」

「哎……」雄爺抽搐一下，兩眼反白，軟癱倒地。看時，他的後頸多了一根紅羽毛飛針，創口滲出黑血。飛針帶劇毒。

「喂…… 你……」我按壓他的頸動脈，已沒跳動。這個兇手出手快而準，絕非庸手，我抬頭掃視周遭眾人。

「雄爺？」光雄勇怯懦地跑到雄爺身旁，「你的頭流血……」

「別碰他，有毒。」我警告光頭勇，雙眼仍然追尋誰是兇手，是他，站在樓梯下方、胖子背後、身穿白色長袖衞衣的南亞裔打手，他手裏拿着吹管。

「你！」

「我？」胖子大驚，「我什麼都沒做過。」

「不是你，是你背後那個。」

南亞裔打手把吹管放到口裏。

「你還想作惡！」我待要衝過去逮他。

「唬——」

一抹紅影夾着一陣腥風，直沖我的面門。

劇毒厲害，我不敢托大，不敢硬接，退後一步，腳踢連橫，左腳挑高一張木椅，擋在身前，右腳踢飛另一張木椅，撞向南亞裔打手。

「卜——」第一張木椅被毒針射中。

「彭——」第二張木椅被南亞裔打手一拳擊爛，木條、木屑亂飛，站近樓梯的人慌忙走避，亂作一團。南亞裔打手乘亂逃到玻璃門前面，托起橫柵。

休想逃！

我抄起一隻「發財」，食指一彈，「發財」「波」的一聲，望他的後腦射去。

他的前腳剛踏出麻雀館外，「發財」命中他的後腦。

「倒也……」我滿有把握，等待他暈倒，暈……他只是腳步踉蹌，卻沒暈倒，非但沒暈倒，更是第一步不穩，第二步正常，第三步健步如飛，直線跑過馬路對面。我剛才那記「彈指神通」，力度足以擊碎啤酒瓶，他竟能安然逃跑！此刻，考究他的頭硬還是我的力弱，已不切實際，更要緊的是即場逮住他。我一個箭步搶出麻雀館，看時，他望荃灣西鐵站方向跑去。

R、阿漆、阿Ken、泰臣剛巧趕到。

「捉住那個穿白色長袖衞衣的南亞裔男子！」我高

呼。

阿漆反應最快，第一時間轉身追捕。南亞裔殺手在熙來攘往的行人道上，左穿右插。

街上有老有少，為怕誤傷路人，阿漆投鼠忌器，不敢發放暗器。

「讓路！讓路！」泰臣跑在阿漆身後，猛推猛撞，把路人擠開撞跌。

南亞裔殺手回頭瞄了一眼，見阿漆和泰臣漸漸追近，突然拔出手槍，向馬路上的汽車隨意開火。路人慌得亂走亂叫，車上的司機或因中槍、或因嚇壞，紛紛把車停在路上。南亞裔殺手跳出馬路，繼續開槍，前面的司機加速逃命，後面的司機不敢開車，四、五秒之後，沙嘴道出現奇景，行車馬路空出一段長長的「跑道」，南亞裔殺手隨即踏上「跑道」發力狂奔。他長得身高腳長、皮膚黝黑，跑姿和跑速十足牙買加飛人保特。他一發力，已把我與阿漆拋離十多個身位，阿Ken、R和泰臣更是遠遠落後。

南亞裔殺手在前面不斷開槍，彈匣射光，換上另一個，不斷「洗街」，把前面的汽車嚇跑，繼續清除「跑道」。

他的爆發力驚人，體力充沛，愈跑愈快，愈跑愈有勁。這樣下去也不是辦法，我們肯定給他擺脫。

我們跟他的距離漸漸拉遠。他即將奔到十字路口，到時他不管轉左或轉右，都會消失於我們的視線之內，成功逃脫的機會大增。

不能讓他脫身，我們總要做些什麼，但可以做些什麼呢？就在無計可施之際，驀地——

「龐——」

天降奇兵！

一輛衝紅燈的紅色小巴以高速駛過十字路口，把只顧向前奔、向前望的南亞裔殺手撞飛，飛進街角的 7-11 店內，乒乒乓乓地撞翻好幾個貨架。

「亡命小巴」的殺傷力，香港無人不曉。南亞裔殺手來港犯事之前，應該做足「功課」，充分了解本土民情。這趟栽在魯莽駕駛的小巴司機手上，他只能怪責自己橫過路口前不看清楚左右，以及沒讀過洛楓的新詩〈飛天棺材〉，至少也應認真讀一讀這三句：

愛冒險的小巴司機突然也會心血來潮

在危急關頭考驗闖過黃燈的速度

剎時撞向石礐再反彈鐵欄

結果，他被「飛天棺材」撞個正着，飛進 7-11 內，未知死活。

阿添跑往 7-11，打算搬開雜物、貨架，把南亞裔殺手救出來。

我察看小巴司機的傷勢，發覺他只是受驚，沒受傷，便取出手提電話，打算召喚救護車，希望南亞裔殺手受傷不重，我還有很多問題要問他。

當阿添走到 7-11 店前，怪事再度發生，起先「溜溜溜」的滾出一罐可樂，接着雜物「嚦嚦勒勒」的由店內瀉出。阿添跳開一旁。南亞裔殺手竟推開貨架，滿身薯片碎、餅乾碎的跑出 7-11。

阿漆與他，一個進去，一個出來，在店前窄路相逢。

兩人即時出手，電光火石之間，全沒考慮的餘地。

南亞裔殺手開槍。

阿漆出刀。

南亞裔殺手的右胸膛中刀。

阿漆的左肩膀中彈。

兩人雙雙倒下。

阿漆倒下，表情痛苦，掙扎卻爬不起身。相反，南亞裔殺手一倒即起，面不改容，更反握胸膛上的刀柄，血淋淋的拔出飛刀。這人是什麼構造？是人是鬼？事到如今，已不容我多想。我驚而不慌，慌而不亂，縱身撲上，游身而走，劍指捌出，身前身後，連點他十五個穴道，百忙中還使一記「手刀」砍跌他的手槍。

「看你還能不能動？」我拍拍雙手，盯着南亞裔殺手，他的雙眼毫無神采，不像活人的眼睛。這人體格奇特，待會押他回基地，審問完畢便把他扛給嘉薰醫生解剖，不，研究，嘉薰醫生一定很高興。

咦！他的手臂，怎麼仍能移動？他仍能繼續拔出插進胸膛的飛刀？怎可能！他的穴道不是被封的麼？

我不由得一怔。

就是這一怔的瞬間，忽覺胸口一涼，暗叫不妙，連滾帶跌的避開，垂首一看，胸前衣衫已遭他拿飛刀劃破，且傷及皮肉。

再看南亞裔殺手時，給嚇了一跳，他手執滴血的飛刀，扶着交通燈站穩。他胸膛的刀傷，奇迹地快速愈合了。

「棄下利器！」泰臣和R趕至。兩人都擎槍在手。

「開槍射他！」我半蹲地上，喝道：「不要猶疑！」

「砰——」

「砰——」

R和泰臣一人一彈，射中南亞裔殺手的左腿和右腰。南亞裔殺手掙扎一下，仍沒倒下，反而把飛刀擲向R和泰臣。

「小心！」我已不覺奇怪了，他中彈流血，活動能力卻不受影響。

R和泰臣低頭閃避，再抬頭時，南亞裔殺手已經轉身逃向海傍。

「可惡！」泰臣窮追不捨。

我從地上跳起，R趨前問：「傷勢嚴重嗎？」

「皮外傷，不打緊。阿漆傷得較重，照顧他。」

「阿漆交給我照顧。你們追。」阿Ken終於來到。

「我們追！不能讓泰臣落單。」我提氣疾馳。南亞裔殺手又古怪又厲害，要趕上泰臣給他支援。

穿過海濱公園，但見泰臣擎槍站在欄杆後面，不住張望海面。

「怎樣？那殺手呢？」我和R趕過去。

「他跳進海裏去。」泰臣用槍管搔搔前額，「再沒浮上來。」

我一拍欄杆，本想追進海裏，但見墨綠色的水面浮着一層油污，跳進去，不淹死，也冷死，不冷死，也給臭死，便打消這個過勇的念頭，改為召喚蛙人前來打撈。

2

刀刺不傷，子彈射不死，汽車撞不散，彈指神通制不住，身上的穴道點不透，世上竟有這樣的「異能人」嗎？光是說，肯定沒人相信，但大家都親眼目睹，還跟他交過手，最終人人掛彩，鎩羽而歸。的而且確，有這樣的一個異能人。此人什麼來歷？雄爺已死，如今，光頭勇似乎是我們找到的惟一知情者，可惜，他的回答實在叫人失望——

「我不知道他是什麼來歷。真的不知道。今早麻雀館開門，他就站在門外。我們十幾二十個手足沒一個認識他。他自我介紹，叫亞星。雄爺說亞星是大老闆派來助拳的。昨晚，我們在龍鼓灘停車場偷拍那兩位的照片，雄爺把照片檔傳給大老闆，大老闆便派亞星前來。這是雄爺說的。我不知道大老闆是誰，也沒見過他，只有雄爺一人向他匯報，估計此人不在香港，因為每次匯報，雄爺總是躲在閣樓辦公室進行電腦視像會議，從來不讓旁人參加。如果大老闆人在香港，直接見面便可，不必如此轉折。」

我和R留在監察室，透過單面玻璃觀察盤問室裏光頭勇答話時的神態、表情、小動作，參考即時的測謊評估，斟酌他的口供，遺憾的是，他不似說謊。

若將雄爺視作一條分界線，雄爺以下的事情，例如毒品分銷網絡、麻雀館營運等，光頭勇清楚了解，因為他是雄爺的跑腿、打手、收數佬。至於雄爺以上的事情，例如大老闆的身分、販毒集團的架構等，光頭勇就一無所知了。

目前，雄爺被殺，殺手逃逸，光頭勇等人提供的線索極有限。我們的調查正處於瓶頸，停滯不前。本來是一宗毫不起眼中學生吸毒案件，我一步一步的追究，竟揭出神祕跨國販毒集團，對方還出動異能殺手殺人滅口，事情發展至此，實乃意料之外。

真傷腦筋。

「咯——」敲門聲才響了一下，敲門的人急不及待地打開房門，我或R還沒開腔示意對方可以進來。進來的是一向不講禮貌的Ada。頭髮凌亂的她，氣急敗壞的樣子，十根指頭上黏滿一片片 8cm x 6cm的粉紅色post-it，不待我們開腔，已來一個像放連珠砲似的報告：

「M覆電，他跟二叔公的棋局未完，不回來了，case由阿Wing負責follow up，還有……

「他千叮萬囑，阿漆要戒口，戒吃蝦蟹酸辣生雞鯉魚黃牛肉，阿漆……

「阿漆的手術成功，彈頭已取出，他嚷着要出院，但醫生不允，至少留院觀察一晚，還有……

「阿Ken來電，在麻雀館裏搜不到任何毒品，除了阿Wing拎去那袋，另外……

「阿Ken又說，雄爺的電腦……已運返基地，另外……

「泰臣來電，水警聯同消防蛙人在荃灣與青衣島之間的水域搜索，找不到那個跳海逃走的殺手……還有……

「露絲來電，她說阿莫開始破解雄爺的電腦密碼，應該不難破解，還有，Peter來電，今晚在麗晶酒店扒房訂了桌……」

「Peter是誰？」我打斷她。

「喔，sorry，嘻嘻。」Ada掩着半邊嘴巴傻笑，「這片是我私人的，不是公事。Peter嗎？嘻嘻，我的新boy friend…… 嘻嘻，不說了，你不要問，我不會說的，我要下班啦，我要花點時間補妝，誰叫你們躲起來盤問那禿頭佬，害我幫忙接聽電話，又忙又亂，整個下午跑來跑去，忙得連化妝也融掉……」

「快快消失。」R搖頭兼搖手，「別再囉嗦。」

「拜拜。別問我Peter是誰，我不會答的。」Ada轉身踏出監視室，帶上門，門未關妥，又轉回來，「sorry……」

「我不會問你Peter是誰。」我歎一口氣，為那個Peter難過，若有時間，我會為他默哀兩分鐘。

「不關Peter的事，還有一片，sorry，聽着，阿莫來電，密碼破解了，雄爺有些電腦檔案很有用，他請你們立刻前往電腦中心——」

「蓬——」R衝出房門，撞着Ada的左肩，把Ada撞得原地打轉，一雙假眼睫毛飛脫。

「蓬——」我也衝出房門，撞着Ada的右肩，Ada彈向單面玻璃，大字形的貼在玻璃之上，假髮甩掉一半，鬆垮垮的半掛臉上。

我與R以100米幾乎跑9秒83的速度奔往電腦中心，中途在走廊上幾乎撞倒高文。高文戴着黑眼罩，披上披風，一身劍俠梭羅的造型，在走廊上遊蕩。高文的反應和身手遠勝Ada，就在火星撞地球前的一剎那，他及時大字形的飄上天花板。所以，我和R都沒意識收步，直衝過去，衝衝衝，衝進電腦中心。

*　　*　　*

露絲和阿莫雙手交疊胸前，坐在電腦椅上，架起腿，躊躇滿志的等候我們。一看見我們，露絲推按滑鼠，中央顯示屏現出一列檔案清單。她解釋道：「這些資料包括毒品拆家名單、藏毒地點、毒品銷售紀錄、洗黑錢紀錄、放高利貸紀錄等等，統統是雄爺的犯罪證據。」

「把資料和光頭勇等人一併交重案組何Sir。」我盯着畫面，「我們集中火力對付殺手亞星，和他背後的神祕組織。」

「兩位，這個Avi檔案很有趣。」阿莫拍Enter鍵，「雄爺本已把它刪除，但給我成功復修這一小段。」

屏幕現出一個Net-meeting畫面，畫面中是一個敷上skII面膜的女子。我假設她是女子，因為她有一把嬌嗲女聲，如果檔案沒經過聲音處理的話。她的雙眼蓋着兩片青瓜，露出兩個鼻孔和闊嘴巴，半躺按摩椅上，以諷刺的口吻說：「你大概忘記你的分內事。」

聽見雄爺的聲音回答：「我沒忘記，大老闆，我不當警察後，全力為你效勞，工作只得一樣，你給我多少貨，我就賣光多少貨。」

「你沒忘記喔，可你幹什麼節外生枝，去招惹那個天下間最麻煩、最無賴、最令人討厭的阿Wing？」

「我沒招惹他，也不認識他，大老闆，是他這幾天周圍搶我的貨，打我的人。我不知道原因。」

「阿Wing你當然招惹不起。不能讓他追查下去。這樣吧，我派亞星來清理。」

畫面凝住。

「那個女子是……」R沉吟。

「她是我們的舊相識。」露絲按滑鼠，畫面張開一個新視窗，新視窗展示兩組完全相同的聲紋，「上面那組聲紋屬於青瓜女子的。」

「另一組的是……」我似乎猜中幾分。

「坤嫂。金三角的坤嫂。」露絲再按滑鼠。屏幕現出坤嫂的通緝照片。

黑色直髮，古銅色皮膚，臉修長，大眼，下顎尖如岬角。

當然，這照片只供參考，不能作準。她為逃避追捕，不止一次染髮、整容。坤嫂是中泰混血兒，留學美國，擁有MBA學位，中、英、法、泰、印、菲語都流利，屬於智慧型罪犯。她本是金三角軍閥坤沙的情婦，兼得力助手，坤沙在金三角負責毒品種植及提煉，她負責海外市場。儘管坤沙九十年代末期收山，2007年病逝，金三角的地盤被其他軍閥瓜分，坤嫂已在東南亞成功建立完善的毒品銷售網絡，加上新興毒品為化學合成物，縱沒坤沙支持，她的生意額依然有增無減。

坤嫂不僅成功把現代商貿理論、物流管理、資訊科技應用於毒品生意，更懂得運用販毒收益，收買銷售地區的貪官污吏、或資助分離主義分子，使當地政府忙於應付國家分裂危機，被迫降低緝毒的力度。

兩年前，我沿着湄公河追捕了她三日三夜，最終還是給她逃脫。

自此以後，坤嫂的行蹤更加隱密，辦事更加小心，東南亞的緝毒機關完全失去她的線索。

「果然是那個臭婆娘！」我一拍大腿，「可以追蹤到對方的路由器嗎？」

「台灣南部的高雄。」阿莫用左掌支着下巴，「但，不代表她人在高雄，你我都知，網絡世界虛擬似真，網路轉駁方便非常……」

「諸位，請注意，兩分鐘前，珀麗灣有居民報警……」高文橫向飄進電腦中心，然後垂直飄上天花板，有氣無力的說道：「發現挪亞方舟附近有疑似南亞裔偷渡客登岸……」

他的「岸」字剛脫口，我、R和露絲已從他的腳底下衝過，奔出電腦中心。

3

R知會何Sir，巡邏警員若發現亞星，切勿貿然拘捕，只需暗中監視和報告位置，一切待我們處理。

但，我們如何處理？又是一個傷腦筋的問題。

「亞星終究是人，人總有死穴。」R信心不減。

「今午，交手之時，我已連點他十五個穴道，都不管用，看來，再點他另外十五個穴道，也不見得收效。」我大有「老鼠拉龜」之歎。

「總之，逮住他後，乾脆砍掉他的一雙狗腿。他不可能再長出一雙新的吧。」露絲一臉嚴肅，不似說笑，「要不然，就連他的雙手也一同砍掉，沒手沒腳，且看他還有沒有能耐逃跑、反抗？」

泰臣和阿Ken張開O形嘴巴，斜眼看着露絲，嘴巴久久不能合攏。

女人兇起來，可以很兇，狠起來，可以好狠。這也難怪，亞星差點要了阿漆的命，又在沙嘴道胡亂開槍，一共傷了十六名無辜市民，在公在私，沒人責怪露絲的兇狠。

收到何Sir的最新報告，巡邏警員在方舟花園附近發現亞星，據說他明顯身上有傷，聽起來相當合理，第一，血肉之軀，中刀、中槍不可能無損無傷；第二，他濕漉漉的，不方便在商場、屋苑、方舟酒店等地流連，躲在公園裏，待入黑以後再逃，換上是我，也會選擇此法。故此，何Sir按我們的要求，加派警員把守花園出入口，只讓市民出，不准市民入。我們幾個穿上Police背心的「假警察」兵分兩路進入方舟花園和大自然公園搜捕「偷渡客」。

方舟花園和大自然公園相隔一條馬路，都是經營機構精心佈置的兩座園林，宣揚「愛」與「生命」。至於主體建築，則為一座外形彷照《聖經》挪亞方舟建成的五層樓房，連兩座園林，佔地二十七萬平方呎，設施包括酒店、劇院、餐廳、展覽館等。

真正的挪亞方舟冰封在土耳其境內的亞拉臘山上，幾年前，我登山搜救因尋找方舟而失蹤的科學家，無意中找到一處前蘇聯的祕密導彈基地，和一批打算偷取導彈的「黑龍黨」黨徒，惡鬥一場。這世界，壞人實在太多，因為壞人太多，上帝忍無可忍，在許多許多許多年前，天降洪水，來一次大「清洗」，剩下挪亞一家八口躲在方舟裏，得以存活。結果呢？洗得乾淨嗎？洪水過後，挪亞的次子第一個幹壞事。許多許多許多年後的今天，壞人充斥世界各個角落，上帝下一次「清洗」，不用洪水，改用硫磺與火。這是佈道會上，姐夫牧師引《聖經》說的。今天，我們在方舟花園裏追捕冷血殺手，充滿象徵意味。

我領着高文和露絲搜查方舟花園。這裏樹木多，動物模型也多，大大小小的從方舟跑出，遍佈花園各處。一進入花園，高文就把自己倒吊在「生命樹」梢頭，扮成一隻超級大蝙蝠。我和露絲都不管他，拔出手槍，在槍管裝上滅聲器，到處仔細搜查。正當我翻過長頸鹿的背，準備繞到大象的屁股，無線電響起阿Ken的叫聲：「發現亞星，在太陽塔。」

「咻——」生命樹上的高文，像一根沒羽箭似的飛出方舟花園。

我轉身助跑三步半，提腿踏上草尖，施展「草上飛」，三個起落，加一個筋斗，翻個A閘，橫越沒汽車的馬路，在金律廣場前面左轉，斜跑登上彩虹牆，使出「梯雲縱」，左腳一踩紅牆，凌空高躍，右腳蹬出，跨越橙牆，腳尖往黃牆一點，借力打個前空翻，在青牆之上落腳，右手一按牆頭，利落地打個側手翻接後空翻轉體二百七十度半，跳進大自然公園之內，單膝落在七色河畔，面對彩虹瀑布。看時，左側的太陽塔頂，兩人正打得燦爛。打架怎能少我一份？我深深吸一口氣，望太陽塔快跑過去。

塔下，阿Ken大字形的癱在草地上，不知是死是活，如沒猜錯，他發現亞星的同時，也遭對方發現，因而受到襲擊。

塔上，高文罕有地雙掌齊發，「寒冰綿掌」一掌緊接一掌的打在亞星身上，一掌比一掌快，一掌比一掌重，「劈啪」之聲不絕於耳。若是不會武功之人，捱他一掌即變冰棒；這個亞星，果然是異類，只是不住打冷顫，鼻孔和嘴巴冒出白濛濛的寒氣，站在塔頂，穩如泰山。

「我來也！」我大喝一聲，搶到塔底。

高文突然住手，從塔頂跳下，大字形的躺在阿Ken身旁，以一貫有氣無力的口吻說：「連拍七七四十九掌，我沒能量了，阿Wing，你接力吧。」

「喝！讓我來。」我雙手向外一分，右腳提膝屈曲至胸前，騰地彈起，直衝塔頂，自信姿勢分值 99.99。

詎料，我上塔，亞星卻從另一邊跳下。

「休想逃！」我縱身撲前，拋物線的魚躍越過塔頂，頭下腳上的直追下去。可是——

亞星呢？塔下空蕩蕩的，不見一人。亞星跑到哪裏去？我上他落，他離開我的視線不超過兩秒鐘，沒可能跑得無影無蹤？

快抵地面，我一扭腰，打個空翻，雙腳着地。才着地，腦後風響，回頭，亞星像搏兔的兀鷹一般猛撲而下，十指如鉤，直取我的頂門。我明白了，他剛才假裝躍下，不知用手還是用腳，勾着牆頭，待我追前，他便從後偷襲。偷襲，難道我怕你不成！我不閃不避，雙掌拍出，結結實實的接他一招，且看誰的掌力強勁？

「彭——」

四掌相接，激起巨響，一股凜冽的寒氣自他的掌心傳過來，冷得我雙臂僵硬，牙關咯咯打震，只覺寒氣攻心，呼吸窒礙，五臟六腑全遭冰封，肌肉和關節不聽大腦使喚。亞星受了高文四十九掌「寒冰綿掌」，暫把寒氣積於體內，現在一下子吐出，像洪水決堤一般，悉數注到我身上。我受他一掌，等於被高文連擊四十九掌，瞬間全身僵住，呆立地上。亞星卻活動自如。我命休矣。

亞星一躍退開，旋即逼近。他的活動能力雖與平常人無異，但細看之下，他的目光呆滯，臉如死灰，印堂紫黑，顯然受了極重內傷，換上平常人，早就氣絕當場，他仍然站起身，仍能戰鬥，不知倚仗什麼特異功能、古怪藥物。說到底，他只是一具戰鬥力強的行屍走肉，沒感情，沒靈魂，沒喜怒哀樂。想我阿Wing一世英名，今日命喪這種怪物手裏，真是一萬個不值得。奈何「寒冰綿掌」的寒氣非一時三刻不能徹底驅除，此刻亞星跟我相距只得一步之遙，我除了閉目待死，還能作什麼？真生，直接和間接陷害你的人，尚有一個坤嫂，我沒法替你復仇了。R，你對我的情意，我無福消受了……

「不准碰他，你這頭怪物。」R從左側的小徑穿出。

泰臣也從右側的木橋跑來。兩人的手槍都裝上滅聲器。

「射他的膝蓋。」R喊道。

R真聰明，骨骼復原的速度較肌肉為慢，射碎亞星的膝蓋，至少可令他短時間內沒法走動。

「束——」

「束——」

R和泰臣先後放槍。亞星的左膝蓋和右腳脛中彈，不知是誰射歪了。不過，這兩處槍傷足以令亞星沒法站穩，他「趴」的仆倒我身上，把我也一併撞跌，雙雙滾在青草地上。

「銬起他。」R吩咐道。

「Yes, Madam.」泰臣取出手銬，俯身扳亞星的肩頭。

亞星雙腿受傷，雙手仍有作戰能力，他順勢一掌擊中泰臣的胸膛。泰臣悶哼一聲，魁梧的身子猶似一隻強風中的斷線紙鳶，筆直的往外飄，先把R撞倒，再丟進花圃裏，把花圃壓得花飛葉落，一塌糊塗。

就在此時，露絲手執斧頭，大步流星的跨過花圃，跨過泰臣，跨過殘花敗葉，衝殺過來，叱道：「我砍掉你的雙手，看你還有沒有手打人？」

「留神呀！」我提醒她。

言猶在耳，露絲即告中招。她只顧揮斧砍劈，忽略怪異的亞星出手往往匪夷所思。正當她揮斧砍下之際，亞星雙掌拍地，身子反彈而起，巧妙避過露絲一斧，他接着頭一縮，身一曲，雙手抱膝，像刺蝟一般蜷曲身體，着地反彈，由下而上的擊中露絲的下巴。露絲「哎喲」一聲，栽倒地上。

亞星再彈一下，半空中，手足一伸，着地時，用手代足，以倒立姿勢爬行而去。

我四肢硬直的躺在地上，眼睜睜看着亞星逃去無蹤，再看一眾同僚，昏的昏，傷的傷，一敗塗地，實在不由我不喪氣。

「呱呱……」一羣烏鴉在頭頂飛過，討厭的聒噪，似在恥笑我們。

暮色已深，草地上，太陽塔的影子漸漸擴大，也漸漸模糊。

一隻離羣的大烏鴉飛降太陽塔，立在牆頭，牠沒叫，只是傲慢地睥睨着我們。

我的手腳仍不聽調動，口乾得難受。我不管別的，只集中內力，在丹田聚成一團暖氣，開始循經脈向上衝，把寒氣盪開，如同快艇在水中破浪而馳，很快，暖氣衝了一個「小周天」，身上寒意退減不少。

「呱——」大烏鴉發出一聲落井下石似的怪叫。

我頓然打個寒噤，寒氣反噬，慶幸我的內力和定力不弱，馬上收懾心神，驅使暖氣回衝，把寒氣壓下。在寒暖交煎之際，被牠一嚇，幾乎走火入魔。可惡！我撿起一顆小石子，「嘶」的破空彈去。石子在大烏鴉的尖嘴前面擦過，嚇得牠拍翼急飛。

咦！我能動了。

我一個「鯉魚打挺」從地上彈起，先察看R的傷勢，沒大礙，便隨着草地上的手印，追蹤亞星，但願他逃得不遠。

跑過彩蝶園，在古迹館旁一列松樹後面的涼亭裏，意想不到的，竟傳出M那把烏鴉聒噪般難聽的聲音——

「二叔公啊！天都黑了，天寒地凍，我要回家吃飯，你要回家吃飯，這盤殘局，沒完沒了，不如就此作罷，打個平手。你不敗，我不勝，和局收場，改天再戰，如何？」

我繞過松樹，但見亞星伏在涼亭旁邊，一動不動。

M和一個白鬢白髮的老者在涼亭中央，隔着石桌，對面而坐。石桌之上，棋盤張開，零星落索的擺了一個殘局。那老者閉上雙目，似打盹多於下棋；反觀M，心浮氣躁，不住的搔頭搓耳抓背揑屁股，大呼小叫，似吵架多於下棋——

「二叔公，我知道你棋藝高超，下遍荃灣葵青屯門元朗無敵手，但我也不賴，觀塘藍田樂富油尖旺，沒人能在我二十着棋之內逃出生天。你我握手言和，彼此不損名聲，可好？總勝過現在拖拖拉拉，這盤殘局不知下到幾時？喂，你不餓的麼？」

那老者依舊一聲不哼，對M的大呼小叫不聞不問。若非他臉有血色，微有呼吸，我還以為是一尊泥雕土偶。

我慢慢走過去。

「好歹也給我一聲回覆吧，二叔公，你對我不瞅不睬，是瞧不起我嗎？哼！餓死事小，面子事大，你要鬥，我就跟你耗下去，熬到底，在殘局上來個了斷。你別怪我不敬老，下棋不讓你三分。該到我了，咦？我的馬呢？我明明有隻馬，喂，二叔公，做人要有品，下棋講棋品，你不能偷我的棋子，勝之不武，給你贏了也不馨香，快把馬還我，讓我們公公平平、堂堂正正、光光明明的一決高下。」

我來到亞星身旁，為防有詐，用腳尖踢踢他膝上滲血的傷口，他沒反應。

一顆棋子卻從他的衛衣裏滾出來，拾起，是馬。

M的馬是亞星偷的，不合理。亞星逃跑要緊，怎會停下來觀棋、偷棋？何況他看似不懂中國象棋。我檢查他究竟哪裏傷了，察覺他的後頸第三節頸椎之上，現出一處圓形的瘀傷，大小跟棋子恰巧相同。頸椎共七節，是中樞神經由大腦通往身體各部分的樽頸地帶，頸椎骨受傷、移位甚至斷裂，會令神經線受損，影響身體機能，導致癱瘓。

我笑了，站起來，把棋子擲進涼亭裏，恰到好處的，掉落棋盤之上。

「M，你的馬在這裏。」

「好耶！我的戰馬歸位了，人強馬壯，二叔公，你當心給我『剝光豬』呀！對啦，阿Wing，那個玩倒豎葱的男人無端端跌跤，可能發羊癇，你幫個忙，送他往醫院吧。」

我昂首——挺胸——收腹——立正——敬禮——

「Yes, Sir.」

4

拿得起，放得下。

我們常用這話來形容瀟灑的人。

這話，說很容易，聽很中聽，但經驗告訴我們，有些事情，碰不得，拿不得，一拿起就放不下，例如愛情。

也許，我稱不上一個瀟灑的人。

雖然，阿莫相信，高雄只是坤嫂跟雄爺作Net-meeting其中一個轉發路由器所在；雖然，露絲根據關於東南亞毒販的情報分析，指出坤嫂匿藏在緬甸、泰國、柬埔寨地的機會遠較台灣為高；但，不到高雄走一趟，我不死心。

我不會輕易放過任何一個逮捕坤嫂的機會，也不會輕易放過任何一個替真生討回公道的機會。

跑道上，一架剛着陸的波音747在減速滑行。幾秒鐘前，機輪着地前一刻，乘客不管個人累積了多少飛行哩數，相信總難免擔憂，擔憂飛機能否成功降落——縱然失事的機會率非常微小。成功降落，大家都會鬆一口氣。記得，好幾次，同機的人有些在降落後向機師鼓掌致意。其中一次，真生坐在我旁邊，我們從馬爾代夫渡假回來，她喜歡與我去海島渡假，一來，M較難找到我，M找不到我，假期便不會提前結束，二來，她希望回味我們在斐濟時那種互相吸引、相愛未愛的感覺（請閱《太空殺人真菌》），那次，當大家鼓掌，我也跟着鼓掌，真生卻抿起嘴巴說：「我才不會向機師鼓掌。」

「為什麼？」

「如果，他把航機飛回天上，載我們到另一個海島，甚至天涯海角，我就拍爛手掌。」

「傻瓜，機上歸心似箭的旅客不暴動才怪。渡假，我們還有許多機會。」

世事難料，誰想到，那次竟是我們最後一次渡假。

機會，沒有就是沒有。

所以，我不容自己錯失任何一個機會。

沒人來送機，固然我不需要別人送機。

阿漆的傷口發炎，醫生不允他出院。

阿Ken的頭遭亞星重擊，腦震盪，雖然甦醒，仍需留院觀察一天。

嘉薰醫生忙着研究亞星，一步都不肯離開實驗室。

露絲找個藉口陪伴阿漆，有異性沒人性。

泰臣、高文、阿莫、Ada、M都說往台灣的航程太短，無需送行，不過叮囑我回程時帶幾盒太陽餅作手信。

至於R，在我決定往高雄之後，就一直沒見過她。亞星在鬧市開槍，畢竟是宗大新聞，她忙於善後，分身不暇，情有可原，可是，她總可以抽幾分鐘跟我談談吧？

她故意避開我，我沒辦法，也沒心情去哄她。如果坤嫂真的在高雄，亞星失手被擒的消息傳到台灣，坤嫂便會在台灣消失。這個機會失去，可能沒第二個。

女人要哄，也要看時候。

要哄的女人，不宜對我抱太大的期望。

航空公司職員宣布乘客可以登機了，我便挽起旅行袋，排隊登機。一人突然從旁閃出，在我跟前插隊。我被迫停步。

「先生，介意我插隊嗎？」

「R？」

後記

「又是真生？」這是一位小朋友讀完初稿第二章後的即時反應。

不錯，又是真生。

寫小說，就是這樣。

本來打算寫一個男生吸毒、戒毒的故事，跟王心靈的《穿人字拖的公主》互相呼應，書名亦已想好，叫《Q版特工之穿人字拖的王子》。可是，第一章之後，愈寫愈偏離當初的構想，那就乾脆順着故事推演，讓情節自由發揮。寫小說，就是這樣好玩。

不過，還得向一些朋友致謝，包括予明、劉Sir、技安、西門、康師傅等，他們是精神科護士、社工，為我提供不少寶貴的專業意見，以及安排我訪問曾經濫藥的青少年。在此，再次感謝大家的協助，願上帝記念你們為年輕人所作的工。

寫小說，不能閉門造車，社會實況總要掌握一些，故事才有真實感。

請別嫌我嘮叨，還是那句話，毒品不論一口、半口、二分一口、四分一口，都試不得。

至於還寫不寫真生？很難說。其實《幻見》出版之後，我已決定不寫真生，可是過了十多個月，真生又在我的筆尖下出現。秀實兄說得對，阿Wing與真生這一對，教人忘不了。

作者電郵，歡迎聯絡：
forhing@gmail.com

感謝您選了這本書，閱讀以後，
您有沒有一些啟發，一些感想？我們期望您的聲音。
請登上 **www.btproduct.com/book**，
在「讀者回應卡」頁面內填寫。謝謝。

飛翔專號系列最新書目

《穿人字拖的公主》　王心靈

遙遠的島上有一座「公主城堡」，住着因戀愛流放索 K 的名校尖子，毆人被捕的暴力少女，夜店販毒的年輕媽媽生，還有毒癮引致精神分裂的……

一眾性格巨星，背着千瘡百孔的過去，生命如何改變？

歷奇小說

書名	**作者**
嘉薰醫生：死亡號外	陳嘉薰
嘉薰醫生 7　移兇	陳嘉薰
嘉薰醫生 6　三重隱形殺手	陳嘉薰
嘉薰醫生 5　槍火魔蹤	陳嘉薰
嘉薰醫生 4　死亡密碼	陳嘉薰
嘉薰醫生 3　黑色恐怖郵包	陳嘉薰
嘉薰醫生 2　複製人魔	陳嘉薰
嘉薰醫生 1　千年奪命病毒	陳嘉薰